红棉花开

老城杂记

王厚基 著

中国纺织出版社有限公司

内 容 提 要

《老城杂记》是一部纪实性散文集，共分五辑："老城忆旧""老城寻梦""老城之春""老城外话""老城人事"。除第一辑叙说较为久远的老城史话外，后几辑着重从微观上试图以某一侧面为镜，聚焦于广州从上世纪八十年代改革开放之初农民工进城，其酸甜苦辣的生存状态，到进入新世纪前后城市（乡村）建设突飞猛进这三四十年间的发展变化，引领读者回望这座有着悠久历史文化的老城在迈向国际化大都市进程中艰难前行的履痕，重听时代的隆隆足音，并从改革大潮的涌动中窥察社会的飞跃和人们观念、精神的锐变。

书中有一种难以忘却的老城记忆，有一种珠江潮涌般的赤子深情，有一种浓郁的广州情结。

图书在版编目（CIP）数据

老城杂记 / 王厚基著. -- 北京：中国纺织出版社有限公司，2025.2
（红棉花开）
ISBN 978-7-5229-1776-4

Ⅰ.①老… Ⅱ.①王… Ⅲ.①散文集-中国-当代 Ⅳ.①I267

中国国家版本馆CIP数据核字（2024）第096301号

责任编辑：柳华君　　责任校对：高　涵　　责任印制：储志伟

中国纺织出版社有限公司出版发行
地址：北京市朝阳区百子湾东里A407号楼　邮政编码：100124
销售电话：010—67004322　传真：010—87155801
http://www.c-textilep.com
中国纺织出版社天猫旗舰店
官方微博 http://weibo.com/2119887771
北京虎彩文化传播有限公司印刷　各地新华书店经销
2025年2月第1版第1次印刷
开本：880×1230　1/32　总印张：72
总字数：890千字　总定价：680.00元（全9册）

凡购本书，如有缺页、倒页、脱页，由本社图书营销中心调换

序一：你有一对美丽的眼睛

章以武

春日，朗朗光照。读厚基散文集《老城杂记》，心怦怦然，热乎乎，禁不住要为挚友说点心里话。

厚基是一位从基层摸爬滚打出来的作家，是一位敢于向生命挑战的人！20世纪80年代初，他是广州一家老字号茶楼的点心师，是做蛋挞、拉肠、春卷、浮皮羹的高手。他好文学，爱爬格子，在众声喧哗的茶楼里，做作家梦。他当然知晓，要写出拿得出手的作品谈何容易，那是寂寞人，青灯黄卷，做寂寞的事！可他一头扎了进去，痴心不改。70年代末80年代初，"振兴中华"的口号震天响，在梁广道、欧阳翎、林骥等众老师的悉心教诲和鼓励下，他默默地啃名著，进广州业余大学中文系深造，写着来自大时代的充满生活烟火味的散文、小说。那些松散的往事碎片、茶楼趣闻、日常的生活片断，经过淬炼、修饰、改造，竟魔幻般地有了改革开放中广州的身影、呼吸及脉搏。本土人写本土生活，乡情乡音，血脉涌动，弦歌雅意，叩动心灵。厚基心明如镜，懂得这是他文学创作的"源"，也是文学创作的"富矿"！他的这本集子所收散文并非写得如何诗意华彩，缠绵妙曼，哲思纷呈，而是写得紧扣时代，翔实饱满，视野宽广，纪实性强，行文晓畅。这本散文集佐证了他是一位敢于向生命挑战的人！点心师是饮食文化的实践者，而人的基因不同，各有所好，他心心念念向往当一名解剖人类灵魂的作家，当一名聪明的笨蛋，快乐的傻瓜！

厚基从以往散文作品中甄选出的这本"杂记"，明显的艺术特色是：他面对五光十色的广州生活，面对新旧广州人对未来美好生活的憧憬，用一对美丽的眼睛去观察、体验、发现与形象地表述。

记得20世纪80年代初，有一位来深圳采访的作家，他对"时间就是金钱，效率就是生命"的呼号一概不上心，映入他双眼的是黑夜里的黑牛，他扔下一句话：深圳只有五星红旗是社会主义的。

他把沉香当烂柴了。

所以，作家面对生活，有一对美丽的眼睛非常重要。这样，你就能够捕捉生活中闪光的东西、变化的东西、大美的东西、感人的东西。厚基练就了这个本领！

散文这种文学形式，门槛不高，天地宽广，但要写得精妙入心就比较难，传世更不易。散文，日月星辰、风雪雷电、花鸟虫鱼、美味佳肴、似水流年、亲友欢叙、旷日柔情、眼角清泪、不老记忆，均可成文，但厚基的散文大多是写广州波澜壮阔的一角，广州人的眼泪与欢笑，而且写得感觉真实，情感真实，人性真实。此散文集共分五辑：老城忆旧，老城寻梦，老城之春，老城外话，老城人事。每辑中都选择广州的典型事件来描述，娓娓道来，甚是趣致新潮。如第一辑中的《东坡捉鬼》《浩然正气澹归碗》，既是民间传说，又是生猛趣事。第二辑中的《第一代农民工大军闯入广州》《在新的"责任田"上》，关注的是第一代"洗脚上田"的农民的苦与乐，表达了改革开放之初，农民工对广州建设的巨大贡献，与他们对城市文明的向往。第三辑中的《世界为南沙描金画彩》《圆润双砾，城市的浪漫与激情》，生动地表现了广州巨变中的英姿与气派，及广州人的"转得快，好世界"的与时俱进的精神风貌。第四辑中的《东涌·艇》《沙田情话》则描绘出了新农村、新气象、新风貌。而第五辑中的《生命的苦难与辉煌》《祖母往事》，既呈现了戎马倥偬、沧桑岁月、时代嬗变，又表达了祖母与姑姑这对母女如歌如泣的似海深情，使人怆然涕下。

读罢这五辑，深感厚基散文确实接广州的地气，还有仙气！所谓仙气即"洞见"，即与众不同的"看见"，能把读者引向一个新的思维高度！在《老城杂记》的天幕里，星光点点，照见时代履痕！是作者思想的高度决定了他文章的高度！

厚基从事电视剧和戏剧创作，而他对文学创作一如既往的热爱与坚持，让人佩服。在现实生活中，不少作者写着写着就放弃了，人影无踪了，而他虽是走近七十的人了，依然年轻得像大树上的绿叶，蓬蓬勃勃，光亮照人，辉煌着他前行的长路！

2024年1月22日于广州大学桂花岗宿舍

（作者简介：章以武，广州大学人文学院教授，中国作家协会会员，获第二届广东文艺终身成就奖及广州突出贡献文艺家称号。）

序二

陆键东

一千五百余年前，南朝梁之刘勰写下名著《文心雕龙》，开篇第一义即云"文之为德也大矣，与天地并生者"。千百年来论文者于此似熟视无睹。魏晋以降，文论及玄学发达，宏言大语已成风尚。此开篇第一语即似时风之惯用语式，具有时代的标记——虚泛也。但于余，历经半世人生之后，对此却另有新感。所谓文，由人而生；所谓人，必有性。故人心者，也是文心者。人，确然与天地并生，人性人心，化为文，昭示天地之大道。从这个意义上说，此正乃"文之为德"最真实的含义。在此基础上余尚可申说的是，人性中还包含浓厚的情感，此情感远非文学创作中的"用情"可比。"文之德"千年未发之覆者，尚有重要一义：人与文，乃互倚、互托、相依，融为生命一体。此也是"文之德"至纯之境。故精华者，人以文传，文以人重，也就是文与人相辉映。这是刘勰为后世人思索人与文的生命关系留下的辽远的思辨空间。本书以《老城杂记》名之，初看朴实无华，平平似无甚高义，然"老城"二字，如含橄榄，甘味隐生，丝丝萦绕，久久不散。余意外感受到本书寄寓着一段可感的岁月，依存着一段无法舍弃的感情，已与一段生命紧紧连在一起。突然觉此正是文之初心也，同样也是"文之为德"也。因浮想联翩，故余起兴如此。

王厚基，1954年生。据其自述，其先祖早在康熙年间以汉军八旗身份自京派驻粤地，至今世居岭南三百余年。可考者，其三世祖一百多年前已居广州，换言之，这一脉已然是纯正的广州人。这一烙印深深印刻在《老城杂记》中。在本书里，几乎每一个字、每一篇章，都为这座名城，扩而广之为岭南这方沃土而发。而大部分的文字，又与其生命历程紧紧相关。不仅在无意识中录下了作者的人生和文学情思如何与"天地并生者"，而且同样录下了这个生命所附着的历史时代演变的痕迹。仅从书中所收录的文章看，从20世纪80年代起至21世纪20年代前期止，时间跨度四十余年。若从"与天地并生者"的角度看，可以说横跨了时代四十余年的历史，也横跨了作者四十余年的人生。于前者，众所周知，被誉为现代中国最深刻巨变的"改革开放"正是从20世纪70年代末开始，青年王厚基以文学爱好者的身份，参与了对时代的文学观察及书写。余看过其简历，以为他1983年调入广州市劳动局计划调配处任职是他文学人生的一大关节点。在劳动局的工作是与调研、普查和数据打交道，这不仅给了他看社会的全局视野，更给了他行文上的严谨操练。四年后循着心性去职劳动局重返文学场后,王厚基累年贡献了一系列对广州这块改革热土出现的一些社会现象的文学书写。今天已可以读出这些篇章的特别之处,文字着力,有据有实,可信可读,呈现着一种勃勃生气。尤其是20世纪八九十年代的文字,透着可贵的现实批判气质。这既是年轻的他文学锐角"新鲜、锐利"的展示,同样也是历史时空下广州的"历史现场气质"的展示——那个时代,广州是敢为人先的开放地,而与此同时,广州的写作者对现实的反思与忧伤从未缺席。这部分文字从文风上说留下了浓厚的时代影子,为广州文学留下了专属于那个时代的精神见证。

在后者,《老城杂记》足以显示它将个人命运、个人情感,与时代及生命故土,用文字铸为一体。王厚基大半生为文一直围绕着广州,没有标榜,系之念之,已入骨髓。所谓"志诚",王厚基为他生活了大半辈子的眠食地,献上了四十余年的心香。其情其感,如同空气,无声无息,却与生命不可分。往大处说,它是那一代广州人理想主义的一个缩影,也是那一代人面貌的特别呈现——与这块土地似有前世之约,无论何时何地,不离不弃,有情有义。而在此背后更深一层的内核,是一生都无言的淡定。尤其他六十岁前后的文字,情思浓郁,行文却已锤炼至婉约、干净,娓娓而谈。余以为自有现代语体以来,最得省城广州以及珠江三角洲历史神韵的作品,首推欧阳山的《三家巷》、陈残云的《香飘四季》。而五六十年后王厚基《生命的苦难与辉煌》等怀人怀事篇章,追步前贤,近乎已参三昧,写出了属于自己的老城之韵、老城之魂。用笔近似白描却清亮、雅致，情感如盐入水，能品出无形的深情催动着笔触的流淌……行文至此，不由人作神外遐想，年近六十，厚基先生为文已近佳境，若时光重来，若人在春华之季得开此窍，以其纯良，其创作的精品当远不止此。不过抬头远眺，从文化历史的长河看，余又恍然若悟。以百年树人作喻，文化的积累与生长何其艰难，撇开世运、机缘不谈，也许它的点滴演进，要熬上数代的光阴与数代的生命。回视浩瀚巨流，隐见无尽的浪花既托起了波澜的雄壮，也伤感其无数一闪而过的明灭。

也因之由衷敬佩厚基先生。从履历看，他大半生经历单纯，1972年高中毕业后到广州老字号富华茶楼做点心，一做十二年。这个"广州茶楼十二年"的经历殊稀罕，它影响了一个有文学情思的青年的一生。茶楼，省港人又叫茶居，乃是广州世俗社会精灵的栖身之所，可以发现这座城市的灵魂。1983年底，厚基调入广州市劳动局。1987年5月，凭着写作成绩，他又调入当时广州唯一的创作单位——广州市文艺创作研究所，专任创作员，其时年33岁。自此，他在该所（后称院）工作至60岁，可以说一生简明清白。唯其此，也照见厚基的为人与秉性。厚基一生谦和、宁静，少机心，也少见俗心，有种广州人随遇而安的淡然，这些都反映到了他的创作上。四十余年间他多是由着自己的性子去写，随遇而作，没有所谓清晰的专题、研究方向，说白了不见功利，不见"敲门砖"的急迫，这与四十年来文坛一直盛行的流风大异其趣。直到今天，回首其四十余年的文字生涯，益发可以说厚基对写作是真爱，对广州是真爱。正因有融入血肉中的爱，文字内外，人生内外，俱可见出其一直不变的善良与挚诚。

余与厚基先生相识于文研所，迄今已有三十多年。于其余向以兄视之。君子之交淡如水，平日来往几稀，唯其此，益见精神同调带来素心相通。本年，《老城杂记》快要付梓，厚基兄特来索序。余初略有犹豫，引领他步入文坛之师友多有，他们或更适合为文。然回首两人相交往事，随后释然，诺之。文研所创建于1968年，五十年间广州最好的创作人才大半云集于此，先后拥有王建勋、林骥、杨苗青、许雁、张欣、姚柱林、伊妮等文坛老成或名作家。数十年来文研所的人情风貌俱平和友善，自由宽容，厚基兄的为人，盖亦所风一种折射。现特拈出此节，俾能见出历史氛围之一二，可作知人论世谈资。

最后值得一说的是，信是机缘之遇，《老城杂记》出版之年，恰是厚基先生年进七十之期，这里面所蕴含的种种因缘，在厚基或可兴无限之叹。而在文学、在广州，唯有一语可括之：这是它们对一个长年的志诚者的最好回赠。当此之际，能为厚基先生撰文并呈上颂词，实余之幸也。谨以此序为贺！

撰于广州东观堂
2024 年 3 月上旬初稿
2024 年 3 月 21 日定稿

（作者简介：陆键东，原广州文学艺术创作研究院院长，专业作家、学者。获聘为法国人文科学之家、法国高等社会科学研究院客座研究员。）

目录

001　辑一　老城忆旧

002　东坡捉鬼
006　浩然正气澹归碗
010　伍秉鉴与虎门销烟

015　辑二　老城寻梦

016　第一代农民工大军闯入广州
022　在新的"责任田"上
030　他们这样生活
037　广州离不开他们
043　工会里的"农会"

051　辑三　老城之春

052　世界为南沙描金画彩

066　路桥飞架的神话
078　美丽与智慧的交响
091　圆润双砾，城市的浪漫与激情
109　技与艺交融的音符
119　广芭，舞动中国芭蕾之梦

辑四　老城外话

144　珠江潮涌赤子情
154　龙穴变迁记
161　东涌·艇
166　沙田情话
169　走进老香山
172　仙坑围屋
176　美鲈梦

辑五　老城人事

186　生命的苦难与辉煌
202　祖母往事
205　"土郎中"叔叔
209　羊城话旧

212　老城记

216　执着钩沉驻粤旗史的独行侠

221　后　记

辑一　老城忆旧

东坡捉鬼

话说北宋苏东坡被贬岭南惠州后,闲来无事,常流连山水,曾到广州一带游览。一日,他来到了广州城内的净慧寺(今六榕路六榕寺)。他走入山门,举目四望,但见寺内清冷寂寥,全然没了往日香火鼎盛的景象。东坡顿生奇怪,便上前向正在寺内打扫的小僧探听缘由。

那小僧先是惶惶不语,一脸蜡色,东坡再三询问,他才惊恐地说:"唉,施主,寺里近日闹鬼呀!搅得寺内外人心惶惶,师兄弟也跑了不少。"东坡一听,笑道:"净慧寺是岭南名刹,佛门净土,何以闹鬼?"小僧沉吟道:"施主,贫僧如何敢信口雌黄,连日来住持也受此困扰,正卧病在床哪!"

东坡素来乐天,性情豪放豁达,不惧鬼怪,他心想:此寺如真有鬼怪作祟,肯定事出有因,刨根究底何妨?于是便请小僧领他去拜访住持,询问闹鬼之事。

住持果然伏卧病榻上，闻听东坡拜见，撑起病躯，双手合十："阿弥陀佛，贫僧苦矣！"继而哀叹道："唉，本寺出了件怪事，自三个月前开始，无论白天黑夜，只要风一吹，寺内就会响起恐怖的'呜呜'鬼叫声，我请遍城内降妖术士，施了各种驱魔之法，均是徒劳，老衲被搅得精神恍惚而病倒了！"

东坡听后，好奇之心骤起，决心要弄个水落石出，为僧人解忧，随即道："大师若信得过我，就让我一试，或许能捉住这个鬼呢！"

住持听了，异常高兴，却又半信半疑："先生写文章、作诗，天下无出其右，我等敬佩有加，可降妖捉鬼，先生行吗？"

东坡笑而不语。

就在此时，远处忽传来"呜呜"的声音，时大时小，断断续续，十分阴森恐怖。

主持与小僧闻声色变，嚷道："啊，又来了又来了！"吓得缩成一团。

东坡像听到召唤一般，当即跨步出门循鬼叫之声走去。住持等人见此，因有大文豪胆壮，也强打精神跟随在后。

众人来到大殿附近，正待察看，"呜呜"声戛然而止。东坡在寺院内来回走动，东看西看，院内除了建筑物和六棵老榕树外，再无他物。难道鬼真被吓跑了？东坡哪肯心甘，又四处转悠，仍未见蛛丝马迹。

行至老榕树下，突然一阵风吹来，"呜呜"之声又随之响起。

东坡举头仰望，猛然醒悟：声音随风而起，莫非树上有"鬼"？

只见那古榕叶茂枝盛，婆娑如盖，似乎真的藏匿着什么。苏东坡豁然开朗，他笑笑对住持道："大师不必再害怕了，今天已近黄昏，明天请备好斋筵，我定能为净慧寺根除妖孽。"

第二天，住持分派寺内小沙弥，选料备斋，摆齐丰盛的素餐招待东坡。住持对此事仍半信半疑，但碍于大文豪的面子，不得不郑重其事应对一番。

东坡依时前来，看着一席美筵，对住持幽默道："大师，多谢了！饭饱后，正好捉鬼呢！"随即坐下，毫不客气饱餐一顿。

之后，他一抹嘴巴，对住持说："快取长梯子来。"

小沙弥搬来长梯，东坡把梯子往老榕树下一靠，麻利地爬上去。只见他在树上东张西望，观察一番，折返下来，又到另一棵老榕树上张望，如此轮番细察。众人皆茫然。

"嗨！抓到了抓到了！"忽然，东坡在梯上一声喊叫，把众人吓了一跳。

"快拿一根长竹竿来！"东坡在上面又大声呼喊。和尚们哪敢怠慢，立即取来一根长竹竿递与东坡。

只见东坡手执竹竿向那古榕树顶叶丛中左撩右拨，又一下下猛地戳去，像执长矛大刀与之进行搏击。未几，竹竿挑出一物，竟是一只断了线的大风筝，风筝下面绑着一个大哨子。

东坡将风筝、哨子挑落于地，众僧围上，恍然大悟：不知是哪家顽童的风筝断了线，掉落在寺院内大榕树的茂叶中，那大哨子被风一吹就发出"呜呜"响声。罪魁祸首原来是那只哨子！

那主持低头自愧道:"原是个小孩把戏,我等想到哪里去了呢,竟搞得整座寺院鸡犬不宁!"

东坡对住持风趣道:"此鬼乃是心中闹的鬼呀!"

"惭愧、惭愧……"住持握着东坡的手道,"阿弥陀佛,善哉、善哉!快拿笔来!"

小僧取来墨宝,住持诚恳请东坡挥毫。东坡也不推辞,一挥而就。只见上面写的是:"六榕闹鬼不知晓,破解谜团令人笑。"

众人哄堂大笑。

浩然正气澹归碗

佛门寺院，庙宇道场，历来是遗世失落者的绝佳处所。遁入空门，为的是远离尘世，抛弃烦恼。

清顺治年间，清兵南下，南明弘光政权覆亡，天下甫定。话说某日，广州城南郊的海幢寺来了一个僧人，在寺内小僧引领下拜见了天然和尚。天然见此人已落发为僧，虽敝衣垢面，但目光炯炯，眉宇间有股英气，遂将其收归为徒，取法号澹归，让其于寺内谋事。

这澹归脾性怪异，终日若痴若呆，蓬首垢面，沉默少语，纵然受到别人欺负，亦甘于忍让。他很少与人交谈，即使谈经也是语无伦次，更从不谈及其出家以前之事。故此，寺中人从不知他的来历。他也不大会做寺中杂事，住持见此，只好安排他在香积厨做洗碗工作。他亦唯命是从，从早到晚，胼手胝足，从不偷懒。每日工作完毕，他不念经，也不外出，只躺在灶边睡大觉，醒后又继续干活，如是过去十数年。寺内众僧对此习以为常，也见怪不怪了。

康熙初年，广东巡抚刘秉权走马上任。这刘秉权是个性行端良、勤职惠民的好官。他听闻恩师不食清禄，落发山林，于是对其师念念不忘。他曾在十余省担任官职，每到一处，凡有佛寺庙宇必往，向众僧施赠斋砵布衣等物，以期用虔诚之心感召佛祖，让其找到恩师。

那日，刘秉权一行渡河来到广州城南郊的海幢寺，晤见天然和尚，并一如既往赠予众僧衣布等物，僧人们见此皆欢喜。

刘秉权问天然和尚："僧人到齐没有？"

天然答道："还有一个游僧没来，此人乖僻，从不参与这种仪式。"

刘秉权抬头道："佛门慈悲，宽阔无涯，布施谁都有份，我又如何可漏掉一个呢？"

于是天然和尚派小僧催促澹归速来接受布施。岂料澹归一口回绝，对那小僧道："出家人四大皆空，这大人怎样布施又与我何干。"

小僧回报，刘秉权闻其不可屈，十分惊讶，便亲自到香积厨欲见澹归一面。

刘秉权由天然引领，入得后院，早被澹归在香积厨内一眼瞧见，他转身便走。刘大步上前，澹归已绕过榕树步上台阶朝边廊走去，刘在后急步疾追，匆忙中一脚踢中阶石，脚趾顿时疼痛钻心，不由"哎哟"一声。澹归停步回首，刘强忍疼痛大步追上，抢在前面，与澹归四目相对。刘突然放声道："恩师啊！"突然跪下。原来，眼前这敝衣垢面的僧人竟是刘秉权踏破铁鞋经年寻觅的恩师！

这澹归究竟是谁？又为何要隐姓埋名于佛寺之内？

原来，澹归是前朝遗臣，姓金名堡，浙江仁和人，明崇祯年间的进士，曾任山东临清知州。为反清复明，他与同僚起兵谋复杭州，事败后，又奔走辗转于浙闽湘粤桂之间联络义军继续反清，誓死效忠南明皇。见复明无望，他便在桂林茅坪庵落发为僧，后拜在广州海幢寺天然和尚门下。

当下刘秉权长跪叩首，痛哭流涕，恳请恩师还俗，以受供养。

澹归双手扶起刘秉权，动情地道："清廷决不会容我，与我这个前朝遗官相处，亦足以连累你矣，如遂我所愿，隐没于寺中，尚有一线生机，否则两败俱伤啊！"

刘秉权说服不了澹归，只好问恩师有何要求。澹归道："我自到海幢寺后，所做的便是洗碗，愧恨手脚笨拙，令碗碟残破太多，你替我赔偿吧。"

刘秉权点头应承，与恩师挥泪握别。

回去后，刘秉权即派人设窑，烧制陶碗以赠海幢，以圆恩师之愿。在他亲自监制之下，窑中烧出的陶碗质量上乘。此种陶碗呈豆青色，阔口，间画一两笔青色竹叶。碗分两种，一种供佛，一种供僧人使用。每碗均有"澹归"二字烧制于碗底，故称"澹归碗"。

据传，"澹归碗"暑天贮馔，经日不馊；如盛水果，则数日尚鲜；养水仙则，花繁叶茂。人们视其为珍品，但可惜今已消失殆尽。

此事后人有诗文为证。据清人张品桢《清修阁稿》载，同治七年（1868年），张游海幢寺时尚见有"澹归碗"。至光绪二十四年（1898

年）僧人石虁在《绿筠堂集》诗中言"澹归碗"早已失存。又有清末民初诗人易顺鼎写游海幢寺诗："澹归钵已无寻处，万物从来总劫灰。"1940年春，中国文化协会搜集广东文物于香港举行展览，展品达两千多件。会后编印的《广东文物》一书中，收载有今释澹归海幢寺瓷碗，收藏者为潘熙。

伍秉鉴与虎门销烟

　　清道光年间，在广州的十三行商贾中，出了一个鼎鼎有名的巨富，这个富翁富得让世界为之惊讶。虽说，在中国历史的巨富榜上，前有让洋人惊叹不已的古人成吉思汗、忽必烈、刘瑾与和珅，后有富得连马桶都用金子铸就的宋子文，但此位富翁是唯一一个凭借商业贸易成为世界首富的中国人。他在21世纪初被美国《华尔街日报》评定为1000年来世界上最富有的50人之一。他的名字叫伍秉鉴。

　　其实，伍秉鉴生于那样一个封建保守与离乱的皇朝时代，是他的一种幸运，也是他的一种悲哀。他的半生被迫在狭缝中生存着，并不逍遥快活。此话怎讲？

　　清初，国外通商的浪潮开始拍打中国沿海重镇，紧靠珠江的广州城郊西南角，逐渐成为一个繁忙的水码头。1686年，广东政府招募了13家较有实力的行商，指定他们与洋船上的外商做生意并代海关征缴关税。十三行声名由此而起。1757年，清朝实行闭关锁国政策，仅保留广州一地作为对外通商口岸，这里便成了当时中国唯一合法的外贸渠道。拥有垄断地位，加上苦心经营，十三行得以迅速繁荣。清政府每年从十三行获取的海关收入由当初的几十万两升至上百万两，故被称为"天子南库"。这也造就了一批世界级的大富商，当头者便是伍秉鉴。富甲天下的伍秉鉴也摆脱不了中国传统社会商人的俗套——向官府捐款换官。他花费巨资换来了一顶三品顶戴。

尽管是品位不低的官商，但在皇帝和朝廷百官眼里，伍秉鉴还是个可随意盘剥的商人。无休止的摊派和募捐还不属最切肤难忍的事情。为了保证天朝大国的尊严，清政府要求十三行不得对外商欠款，一旦发生，所有行商负连带责任，其债务由其他行商负责清偿。清政府还规定任何外商都必须由十三行中最富有的商家作担保，一旦外商拖欠政府税款，则由行商负连带责任。这就是十三行的"保商制度"。伍秉鉴对此极不满，认为这样"冇得做"了，"宁为一只狗不为行商首"。他多次申请退休，但官府不允，仍然要他为所有行商作担保。伍甚至表示愿意把八成财产捐给政府，只求政府允许他关闭怡和行，仍然未被允许。

那年，在林则徐抵广州禁烟之前，凭着与官场的特殊关系，伍秉鉴已获悉钦差大臣来广州的消息，也明白林则徐所为何来。他让已任怡和行老板和十三行总商的儿子伍绍荣警告那些外国商人：不要往刀尖上撞。

但是，那些夹带鸦片的洋人只当伍的劝告是耳边风。他们认为林则徐也会像其他官吏一样雷声大雨点小,走过场就回京复命。他们凭着多年来与广州地方官吏的"亲密关系",认为这种判断准确无误。于是他们既不返航,也不销毁鸦片,更不告知伍秉鉴,而是悄悄把装有鸦片的趸船开到大屿山南部藏了起来。这一招,后来也成了伍秉鉴勾结烟商的罪证之一。

事情很快就传到了林则徐的耳里。经验老到的他知道想要截断流通,堵住鸦片源头,就必须拿外国烟商开刀。而和洋人交涉,林则徐首先想到的是广州十三行,想到了伍秉鉴。

那年的3月18日,林则徐传唤伍秉鉴的儿子伍绍荣一行到城中府上责问,指责他们:"混行出结,皆谓来船并无夹带,岂非梦呓?……是则掩耳盗铃,预存推卸地步,其居心更不可问。"责令他们传谕外商缴烟具结,"限三日内,取结禀复"。

伍秉鉴一家,到底有没有参与走私鸦片呢?其时,伍家的怡和行做的是正经生意,茶叶、蚕丝贸易向来是最主要的业务。而伍家担保的一些外国商人为了牟取暴利,往往夹带鸦片,在伶仃洋外与不法商贩买卖。其中就包括最大的鸦片贩子英国人颠地,也包括伍秉鉴的干儿子,美国旗昌洋行老板约翰·福布斯。按照当时的"保商制度",外商走私鸦片一旦查实,为其担保的行商连同整个十三行都要承担责任。曾有一艘由怡和行担保的美国商船私运鸦片被官府查获,伍秉鉴被迫交出罚银16万两,其他行商被罚5000两,罚金相当于鸦片价值的50倍。

所以,尽管走私鸦片可获暴利,但十三行对其避之不及。《东印度公司对华贸易编年史》记载,"没有一位广州行商与鸦片有关,他们无论用什么方式,都不愿意做这件事"。美国商人亨特也在他的著作中这样写道:"没有一个行商愿意去干这种买卖。"

听完林则徐的训斥,伍绍荣匆匆赶回洋行向外商传达了钦差大臣要求呈缴烟土的谕令,要求来华外商必须自报:"嗣后来船,永不敢夹带鸦片,如有带来,一经查出,货尽没官,人即正法。"

一方是朝廷官府,一方是米饭班主,两边都得罪不起。而伍秉鉴更清楚,事情闹大了对谁都没有好处。一旦停止对外贸易,伍家和整个十三行都会遭受磨难以至灭顶之灾。他必须尽自己的全力化解这次危机。

但伍家和洋商们的交涉远没有谈生意那么顺利,洋人始终不肯做出让步。眼看三天大限已到,伍秉鉴不得不承诺以自己的财产来赔偿外商损失,希望换来外商与政府的合作。但即便如此,也只有夹带鸦片较少的洋商表示愿意交出鸦片,而最大的烟商英国人颠地则顽固地拒绝合作。

伍秉鉴如此破釜沉舟,是因为他心里明白,没有清政府的贸易政策,十三行就无以为继。同样,失去洋商的支持,伍家的商业帝国就会轰然倒地。他唯一的心愿就是把矛盾最小化。

三天后,伍绍荣将洋商上缴的1037箱鸦片如数交给官府。但是,事先做过调查的林则徐大为恼火,认定数量不符,分明是十三行与英商串通欺骗官府。他要给伍秉鉴一点颜色看看,便派人锁拿伍绍荣等到钦差大臣行辕审讯。伍家再次妥协,表示愿以家资报效。但林则徐断然拒绝，下令将伍绍荣革去职衔，逮捕入狱。

在同一天，林则徐又将伍秉鉴和另一行商潘正炜摘去顶戴，套上锁链，押往宝顺洋馆，并敦促颠地进城接受传讯，扬言如果颠地拒绝前来，就会将伍秉鉴和潘正炜处死。

林则徐此举当然只是想吓唬颠地。但面对英国人的顽抗，林则徐对伍秉鉴及十三行深感失望，决定不再通过他们与洋商交涉，而是效仿卢坤，直接封锁商馆，断绝粮、水等供应。在外国商馆中，有不少洋商与鸦片贸易无关。如果闹出人命必然会引发战争，出于人道，更是出于维护自身利益的考虑，伍秉鉴让儿子偷偷给外国人送去食品和饮用水。而这件事其后也成了伍家是"汉奸"的罪证之一。后来，义律知道对抗下去也不会有好结果，无奈将鸦片悉数交出，共计2万余箱。

这样，便有了后来林则徐主持的震惊世界的虎门销烟。

据一位美国商人记录，鸦片战争爆发时，伍秉鉴"被吓得瘫倒在地"。他争取和平解决鸦片问题的努力彻底失败了。此时，他只能倾其所有，动员十三行商人出资虎门横档岛建防御工程，造船铸炮，抵御外敌，他希望中国赢得战争。后来，他又为换得广州城的安宁，与十三行的行商为鸦片战争的失败赔款替清政府倾囊而出，可谓鞠躬尽瘁。

辑二　老城寻梦

第一代农民工大军闯入广州

不知道把 20 世纪 80 年代第一代农民工大军闯入广州，比作 19 世纪中叶掘金者蜂拥至盛产金银的美国科罗拉多州是否恰当？

20 世纪 80 年代，改革开放、搞活经济的号角响遍中国大地，祖祖辈辈"面朝黄土背朝天"穷怕了的农民，浩浩荡荡奔涌入城，稳坐了广州等一线城市企业人员构成的半壁江山。

进城的农民，虽然大多认为自己只是城市的过客，但坚定地相信城里有的是机会，凭着力气可以摆脱贫穷。虽然广州也并非遍地黄金，但能得到温饱，能像工人一样领到月薪，就是他们多少年来梦里才有的事了。于是，他们本能地去吃苦，凭体力去打拼生活。他们干最脏、最累、最重的活，做有毒有害的工作，成为巨大"工业机器"中最受人忽视的"螺丝钉"。他们痛且快乐地生活在城市的最底层。这便是他们进城后命运的写照。

20 世纪 80 年代中期，改革已令广州的经济初具全方位开放架构。而在广东的广大农村，劳动力却越显富余。据1988年统计，仅在东起饶平、澄海，西至高州、信宜，北起乐昌、南雄，南至斗门、台山这一区域当时的一百多个县市、18万平方公里范围内，就有近5000万农业人口。随着家庭联产承包责任制的落实，在这些人口的强壮劳动力中，富余劳力至少占了50%。其时乡镇企业虽已破茧而出，然而大多数富余劳力还是无从消化。1976年流入广州的省内外民工尚不足2万人，1980年上升一倍，1984年增至10万人，1985年为15万人；而1987年猛增到50余万人。当时每7个广州居民中就有一个农民，当年广州每天有约111万流动人口，进城务工经商者占了将近50%。

数十万农民离开了祖辈赖以生存的土地，犹如一股汹涌的潮水，涌向这座发展中老城的每个角落。他们和城里的人朝夕相处，共同劳动和生活，于是城里人便赋予了他们一个独特而贴切的名字：农民工。

每当暮色降临，一间连一间高矮不一的简陋平房的棚舍前，蹲坐着一圈圈皮肤黝黑、穿着朴素的人。他们疲倦、饥渴，手捧一砵砵热烘烘的饭菜，默默地咀嚼。晚上，昏黄的灯光下，龌龊潮湿的地面上，粗糙倾斜的板床上，他们蹲的蹲，靠的靠，大口大口轮流抽着那万人抽的竹筒烟，各种乡音俚语在屋内混浊的烟雾间交错穿梭。说一通城里人的新鲜事，发一顿牢骚怨气，或是自找乐趣谈笑一番，添一点工余的欢娱……而之后不久，人去屋迁，在原来那个地方，一幢幢高档楼宇、酒店和宏伟的厂房拔地而起，各种优质的产品从这里运出，流向全国，销往海外……

农民们离乡别井，来到一个陌生的世界。他们把祖辈勤劳朴实的品格带到城里来，把这里视为改变命运的新起点。尽管在城里免不了遭人白眼，甚至寄人篱下，要忍受比别人更多的委屈和痛苦，但他们仍然能感受到一种从未有过的欢悦和快慰。他们明白，自己走的是一条与父辈不同的路，这里的一切虽然不属于自己，但可以看到希望，在这片新的"责任田"上，可以做一个属于自己的新梦！

我的采访记录里有太多这样的例子。

——1981年，当这座城市开始从沉睡中醒来的时候，林江丙，这个与新中国同龄的潮汕农民，就把两儿一女和家中仅有的一亩半责任田托付给了妻子，来到广州当一名三合土小工。比田间劳作多得多的劳动报酬深深诱惑着他和他的乡里们。城里有的是营生，只要有气力，钱便可一把一把地挣来。世世代代靠几分瘦田穷惯了的农民，每月能挣一百几十元，一个月的收入相当于乡下一年，无异于漂洋掘金！于是，在他的带动下，他所在村乡、邻近的乡村里本来就人多地少的潮汕平原的农民们，像发现新大陆一样，一波接一波涌至广州这块黄金地"淘金"来了。

——同年，广州郊区花县某村一个叫阿灿的青年，和村里几个只砌过农舍砖屋的小青年一起，与广州某公司签订了一项承包合同：建一幢2000平方米的八层楼房。他从外地请来施工员，在乡中组建施工队。亲戚串亲戚，朋友连朋友，纷纷加入他的施工队，他成了理所当然的"包工头"。一年零八个月后，大楼竣工，他的腰包鼓了。乡中左邻右里看着他上上下下装修豪华的大屋，看着他每顿鱼肉丰盛的饭菜，看着他往家里捧回电视机、收录机、电冰箱、铝锅、布料，眼都红透了。"阿灿发了，阿灿发了，进城去！进城去！"村民们奔走呼号，进城风一下刮遍了附近十几个村。

——1982年，开平县青年农民谭文台，与他的两个哥哥和三个妹妹，依依惜别乡中父老，举家进城。兄妹六人辗转于深圳、杭州、桂林，最后来到广州。凭着一点木工技术，他与两个哥哥一起进了市建筑公司当建筑工。城市，犹如一个大糖缸，掉进了就再也离不开。喧嚣的闹市，丰富的文娱生活，香气诱人的早茶夜宵，只要有钱，都可美美地享受。城市熏陶着他，洗刷着他，他成了一名木工班长。两年后，他索性把家里的责任田全部委托给亲戚打理，每月兄弟几人寄回一笔数目可观的钱给家中父母。

毫无疑问，农民进城，更多是冲着钱而来。金钱，被人类千百年来无休止地诅咒，却又无时不在释放着无与伦比的吸引力。

农民工俨然一支躁动的大军，广州这座老城成为这支大军奔赴的广阔天地。这方天地正敞开着大门向他们招手。而广州人的视角在变，胃口在转换，工业企业的职工队伍像退潮的水，节节溃退……

1983年，广州中国大酒店开业前夕，向社会招收200名合同制员工，要求一流的品貌、身材、文化、体格。隔晚，竟至少有2000名在业的、待业的，甚至正在念高中的青年在报名地点通宵等候；华夏百货公司招收合同工的消息还未传出，曾灭绝一时的拉关系、走后门现象又死灰复燃，领导的纸条像雪片一样飞来，令企业招工一度停顿。而几乎在同一时间，广州绢麻纺织厂以50个颇有诱惑力的全民固定工指标招工，广告出街半月竟音讯全无，最后只得一人问津；广州染织厂好不容易招来40名待业青年，谁知在参观工厂后竟跑掉一半，体检后又溜走一半，试工期间再"拜拜"一半，最后，仅剩下4名。

在广州缝纫机公司等许多企业劳资科的案头上，总堆满一沓沓请调报告，职工天天不厌其烦上门磨嘴皮："放我走吧，科长，日后决不会忘记你！""我再旷工两个月，看还够不够条件除名！"在厂里磨不行，就到家里去泡，靠上头压不行，就大包小包往家里送，以前后门入，如今后门出。市劳动局计调处当年的统计数字显示：1985年第一季度市二轻局职工外流3500人，市纺织总公司外流4400人，全市第一季度国营企业职工外流14000人……

招工难！职工跳槽多！广州的工业企业面临新中国成立后第一次劳动力外忧内困的严峻局面。

而奇迹几乎同时出现。广东人民广播电台一次偶尔播出了一条关于环卫部门招工难的新闻，区环卫队几天内居然收到省内外数百封农民求职信。湖北一个20岁的山区青年，一个月内竟寄出4封，信中言恳语切：绝不是因身在山区而仰慕城市，只是家里没有活干。广州第一棉纺厂被特许在广东四乡招工的消息一出，梅县、兴宁、台山、罗定、增城、佛冈等70多个县近千名农民旋即应招，农民转眼成了全厂50%的一线生产工；广州多个建筑公司更是收编了一个又一个"杀入"广州的潮阳、开平、台山、清远农民工程队，将凌乱涣散的"杂牌军"整编改造成"正规军"。

一时间,广州的建筑、纺织、冶金、港务、煤炭、化工、橡胶、市政、环卫等企业的劳资人员,像在黑暗中看到一线曙光,他们纷纷挺进农村。在广东广大的农村,他们兴奋地发现了一个巨大而廉价的劳动力仓库,企业必须放下包袱,以一种全新的观念去开发这个巨大的劳动力市场。

在新的"责任田"上

20世纪80年代中叶,农民们上田入城仿佛是一种时尚。在广州许多企业的生产岗位上,他们成为一线工人,工厂成了他们一块新的"责任田"。然而,由于文化、质素与技能等偏低,他们中的多数人在城里还只能从事一些重、险、脏、技术含量不高的工种。农民工们在这些岗位上的工作状况如何,十分引人关注。作为市劳动局的一名干部和写作者,我常来到他们中间,与他们长谈……

一

灰色,一切都是灰色的。磷肥扬起的粉尘布满了这里的天、这里的地,布满这里的空气和人的周身。

这是广州硫酸厂化肥车间。这个在国外已落伍而在国内仍属先进的磷肥、复合肥制造车间,如一头老牛艰难跋涉在奔向现代化的高速公路上。破碎机、焙烧炉、净化塔仿佛负载过重，轰鸣声震耳欲聋。

这里的劳动力高度密集。130名来自广东农村的农民工是车间的主力。他们就如一支灰色的部队，在充满酸和氨粉尘的战场上与敌厮杀格斗。

来自罗定的何兴明带领12名农民工组成搬运组，负责化肥装袋、缝袋、上膊、搬运。垒成小山似的化肥，很快被他们装满一辆15吨大卡。天沉沉地下着细雨，对面硫酸车间的废渣被雨水冲刷，流出暗红色的液体。装车的农民工踏着泥泞，冒着雨，扛着百斤重的磷肥在40°斜角的窄窄踏板上穿梭。他们在不到10米的距离里不停地往复来回。天很冷，他们却早已脱光上衣，动作麻利，嘴里哼着苦力号子。磷肥的粉末与他们脸上、身上的汗水混合着，他们的鼻子、嘴巴、眉毛是白色的，疲倦的眸子中却跳跃着光，周身散发出阵阵机械运转的热气。

15吨载重货车转动沉重的车轮，辗过暗红色的废水，徐徐出厂。可以缓口气了。他们蹲在地上，点起了自制的卷烟。30多小时没合眼了，此刻他们似乎有了点倦怠，眼眶里布满血丝。

何兴明还没有歇下手，继续埋头装袋。从早上算起，他已装了整整500袋——5万斤磷肥了。这5万斤磷肥是如何被自己一铲一铲地装进袋里，如何缝口、装车的，他仿佛已全然忘记，他的眼里就只有一堆堆灰黑沉重的磷肥。一卡车走了又来一卡车，他仿佛一个电脑操控的机械人。他的手掌，长满了又厚又硬的老茧，指节间的掌纹全然磨平，今年，他才刚满20周岁。

虽然一身倦怠，但何兴明和他的伙伴们脸上露出的是兴奋。装运一吨化肥便有1.8元，一个月要装好多好多辆15吨大卡，这数没念过书的也会算。收入全归自己啊！

二

1985年春，刚从部队复员不久的广东潮汕农民陈树生，离开故乡只身来到广州西郊坦尾垃圾卸场应聘。在区环卫局，劳资科黄科长对他说：环卫这行最脏、最累、最被人瞧不起，工资奖金每月加起来只有120元，福利还暂时没有。陈树生笑笑，用一口浓重的潮汕乡音普通话答道：不错了，一个月抵家里一年多的收入了。

一到垃圾场，他立即被铺天盖地的苍蝇和恶臭包围，眼前的一切让他震惊。望不到边的黑压压的垃圾正在雨中发酵、腐烂，170亩的垃圾场犹如一个偌大无比的臭水潭，成群结队的猪在齐膝深的糊状垃圾中嚎叫、奔跑、刨食，如乌黑的海浪泛起片片暗白的沉渣。工人们赤着膊在扑面的臭气中驾着推土车来回碾压垃圾。拾荒者在四周搭起成百间草屋茅舍，风掀起丝丝毛絮，一片凄清。

陈树生还未从臭气中缓过神来，又听到黄科长在耳边说，饮用水要到一公里以外的村里去担，这里没有饭堂，只能睡临时搭的简易铺……他犹豫了，但一想到乡下的亲人，想到每月能挣120元，想起将病儿安顿下来的心愿，他坚定决心，再臭再苦也要干！

他与另外10名来自各地的农民工在垃圾场落户了。他当了班长，每天带领同伴把从广州老城区运来的垃圾用推土车碾压填埋，还管修车、修路。他们与拾荒者一道，吃在垃圾场，住在垃圾场，干在垃圾场，和垃圾打成一片，已久闻不觉其臭了。

他们一干便是三年。

除夕，广州城热闹非凡，垃圾场也格外沸腾。市民们在欢度佳节，垃圾却成倍地增多，从下午直至凌晨，一辆辆垃圾车不断往返市区与卸场之间。场外喜气洋洋，场内却臭气熏天。节日仿佛与他们无干，他们必须在垃圾上加班加点摸爬滚打。推土车不停地咆哮，仿佛也在高奏一支节日欢乐协奏曲。

晚上，局领导买来了烧鸡、烧鹅和啤酒，他们忘记一身的汗污，蹲在垃圾场边破旧的木屋里吃起了团年饭。饭香与周围的异味在空气中交织，他们心中升起一种说不出的滋味。夜里饥饿的蚊群又开始空袭，在他们脸上、身上轮番攻击……新年的钟声终于敲响，该收工了，陈树生在房前的空地上燃起了第一串鞭炮，噼噼啪啪响彻垃圾场，火光映红了他们疲乏的脸，大伙脸上露出了笑容。这时，陈树生想起了家里因患先天性大脑发育不全瘫痪在床的儿子，想起年迈的父母……其实，钱又能代表什么呢？能买来一家人的团圆吗？也许，这一刻，妻子正盼着他回家，正对着寂寞的四壁，抱着病儿无声地叹息、流泪……

1987年秋的一天，当区环卫局长亲手把城市优秀美容师的奖状庄重地送到陈树生手上并与他合影时，这个潮汕农民的眼睛湿润了。他感到了这份荣誉的重量，奖状、奖金、奖品、掌声也有年迈的父母、妻子和可怜的儿子一份功劳啊！自己的心愿其实并不奢侈：将妻子和可怜的儿子安顿在身边，但现实告诉他，难！

　　陈树生光荣地被评为广州的城市优秀美容师了，而他的同伴们呢？那些酣战在垃圾场的农民工们不个个都是城市优秀美容师吗？我想，应该也给他们嘉奖的。

三

　　他叫余福田，家乡在广东大埔，所在的村穷，而他家又是村里最穷的。家中有四代九口人：八十岁高龄的祖母、年迈的父母、妻子、三个尚未成年的女儿和一个儿子。生活压得他喘不过气来，他不甘固守那一亩三分瘦田去挨穷。1987年，35岁的他告别了家乡来到广州电筒厂干起了搬运工。

　　他非常珍惜这份每月170元的工作。搬运再苦也只干8小时，每月却能挣170元，在家乡做梦也不敢想呢！余福田高兴得快疯了。妻子却来信说，"村尾的阿荣也在广州打工，天天加班挣得比你多"。电筒厂没班加，想想自己还有大把精力，于是他托人在附近找了一份晚上看管仓库的工作。看仓库要熬夜、收货，但总能偷闲睡上几小时，余福田觉得非常划算，每月省下房租还多挣80元，天亮回厂还来得及。两份工加起来有250元，他告诉妻子说，自己遇上财神爷了。妻子却又来信说，村头的阿旺在广州承包工程那才叫发呢！

他想想也是，跟阿旺比自己算什么呢！但自己胜在还有时间！他便利用两份工之间的几小时，在城里收起破烂来。他买来一辆旧单车，在厂里做完搬运工，就沿街收购纸皮烂铁。生意倒也不错，腰里又多了一笔进账。有工友见他每日总是马不停蹄打几份工，就劝他别死挨滥挨了，挨坏自己就迟了。他不以为然，笑笑反问：来广州不就是为挣钱吗？每日，他总是来去匆匆，广州城里五光十色的街道、灯火辉煌的夜市和琳琅满目的商品都与他无关，哪怕站在人家的窗前瞧一眼电视也没时间，他甚至把吃饭、睡觉的时间都搭上了。他心里惦记的除了干活还是干活，和辛苦劳动之后得到的钱。他将他挣到的钱都寄往家里，自己每顿只吃咸菜白饭，抽最黑最辣的生切烟。然而，他毕竟不是铁打的，终于在一个上午，在厂里搬运配件时，他因疲劳过度晕倒，货物把他的腿骨压断了。躺在手术台上时，他记起工友们劝他的话：你真是个苦行僧，你是揾命去搏呀！

　　1986年，广西有两个青年农民阿成和阿伟，放弃了到广州打工的念头，结伴来到当时还属广州管辖的清远新洲一个可自由开采的金矿上，做起了令人垂涎的黄金梦。

　　来之前，他俩在村里就听说过矿上的一个故事：一个老农和他的儿子在金矿撞对了矿脉，卖出的矿石连连得大价钱，发达了，但后来矿窿土方坍塌，儿子被埋了。阿成和阿伟心想，这是他命不好，那矿确实有财可发。于是阿成和阿伟分别向亲戚借了3万元和5000元做本钱，直奔新洲而去。

　　凡自由开采的金矿，都活跃着三种人：窿主、氰化主和黄金收购者。只要不是有很大本钱，大多人都会看中搞氰化成本小而大可一搏这一环。阿成和阿伟自然也将眼光瞄准搞氰化。他俩分别买了些矿石，学着人们的做法炼起金来。土法炼金其实是相当烦琐危险的行当，且由于土法技术落后，70%的金子在第一次无法被提炼出来。当初，借得3万元的阿成从一大堆充满希望的矿石里提炼出了金子，高兴得一夜没睡，但一算账，不赚不蚀。他没有泄气，继续活跃在拍卖场，但运气确实说不上好，赚不到钱，倒亏了不少精力。他索性横下心来，要玩就玩大的。他看准了一条有前途的窿，把手上的几万元一下全掷了进去，从氰化主摇身变成窿主。搞开采可不同搞氰化那样急功近利，要有设备、技术，关键还在于管理。阿成的致命之处是不懂管理，且一副未富先骄派头。手下人是靠朋友胡乱拉扯而来，纯属一群乌合之众。起先他还略有盈余，但很快，就把手头赚的钱赔光，矿石的成金率低，自然只能卖低价，他渐渐入不敷出。不久，他不得不开始变卖简陋的设备、工具，而那条窿却躺在那儿半死不活，拍不出去。眼看全部身家都散落咸水海，他惶惶不可终日。一个暗淡的黄昏，无法理清思绪，已万念俱灰的阿成，徘徊于新洲堤上，忽然一纵身，跳了下去……

阿成如此轻率地断送了生命，阿伟全然不知，他只顾去寻自己的梦。他想，纵使玩到尽，也只背5000元的债，大概还有能力还。当初，他跟人买了堆金灿灿的矿石，有人悄悄说，这种矿石未必好，他不信，事实果然如那人所说，2000多元一下化成灰。经过这次教训，他学精了，物色了一位行家做参谋，低价买了两池不起眼的杂石。这回交了好运，当一小片一小片黄金在氰化物中沉淀下来时，他狂喜得几乎推翻了那口锅！一年内他由小发到大发，由身无分文的穷光蛋变成腰缠几万贯的暴发户。万元户在当时是了不得的，有人劝他该收手了，命运之神不会总眷顾你。他却说我才刚出手呢！的确，梦才刚开始，矿上腰缠十万贯的人有的是，与他们比，阿伟只是小巫见大巫。

直至阿伟真正阔起来时，才在一次与大款哥们吃饭聊天时听说当初和他一同到矿上来的阿成自寻了短见，但那时他对阿成的印象已经模糊了，只把这当作当初那老农和儿子的故事去听。末了，他摇摇头说：唉，是他命不好！

他们这样生活

一

农民工大量进城,广州这座老城承受着前所未有的压力。

当广州还不能解决住房问题,人均居住面积在 2 平方米以下,粮食只能按人口定量供应,交通能源等设施还处于紧张状态的时候,农民大量入城,无疑加重了城市的负担。然而,农民们是穷惯了的,他们可以蜗居在城里人不堪想象的窝棚,可以在粮店前不惜站上几天几夜乞求居民们施舍购粮证买几斤牌价米,甚至把三餐缩成两餐。但尽管如此,城市仍像一个被压弯了腰的老人,步履艰难地蹒跚而行。人们不知道,广州每增加一个人口,便要付出 5000~7000 元的基础设施费用,而 50 万名农民工,加上每天几十万流动人口,城市便要增加数十亿的投资,这在当时可是个惊人的数目,还要增加供电、供水、车辆、粮食、蔬菜、副食品……

20世纪80年代中叶,广州在改革开放的号角下大兴土木,在登峰下塘这个闹市中的昔日乡村原来的农田上,市科技情报大楼、市儿童活动中心、广州大学群楼以及成片的居民楼宇拔地而起。在这片新的正在形成的石屎森林中央一块"盆地"上,却有一片低矮的窝棚,农民工——楼宇的建设者们就蜗居在这里。

一个秋日的傍晚,我走进了连片窝棚。

说得苛刻一点,这是一个个"铁笼"——四壁和屋顶全用废旧铁皮搭建而成,宽不过4米,高不过3米,冬天寒风刺骨,夏天热得打滚。附近大楼的生活污水在屋旁草丛中汩汩流过,给室内加入一种腐味。然而这不到80平方米的空间,竟住了30多条汉子。窝棚内一边是密匝匝的上下铺板床和大米等杂物货仓,一边是工地。

傍晚,屋后用竹席搭的厨房门外,农民工们或蹲地上,或坐在废旧模板上,美美地咀嚼着粗菜淡饭。一整天的劳累就这样消解,而生命也因此得到补给。

夜幕降临,昏黄的灯下,他们又进入一天里最欢乐的时光。阿福和阿灿在下棋,高喊着"将军",兴奋得涨红了脸。阿石和阿庆等坐在床沿上,一边津津有味地轮流抽水烟筒,一边谈论着乡中谁又"发了"的传闻,兴致勃勃地聊起城里的新奇事,和大街上见到的时髦女人,眼里忽闪着一种异样的光。有人躺在床上看梁羽生的武侠小说,有的索性结伴出门,去逛街,或到附近居民家的窗前看电视。

我坐在下铺,一边随手翻开一本缺了封面的武侠小说,一边和稍年长的阿石聊天。"石哥今年多大啦？"阿石放下水烟筒："四十啦，没用哦，唉！"一声叹息。阿石的家乡在阳江，他初中未念完便下地了，18岁结了婚，现已有5个孩子，最大的18岁，他已是个快当爷爷的人了。他的坦率让我心悦。他说，这几年好了，改革开放，分田到户，他来广州做了建筑工，虽然辛苦，但每月能省下几十元往家里寄，有了钱，家就不那么穷了……床下忽然窜出几只老鼠，在米袋上嬉戏追逐，发出"吱吱"的叫声。阿石忽然笑着说："夜里这儿是老鼠的天下呢，光顾完大米，就在床底、模板、鞋子和安全帽上跳舞，还跑到被窝里和我们做伴。"人们都笑起来，却没有动，也许习以为常了。我心中涌起一种说不出的感觉。他们是一群多么质朴可爱的人啊，在城里人眼里，他们也许迟钝、麻木，但他们没有失去生活的追求和勇气！

窗外传来一阵摩托车的马达声，一个穿着新潮的中年人驾车风似的驶过，塞满555香烟和日用品的红色网兜在车尾颤动。阿庆告诉我，他就是包工头，叫林坤，这几年发财了，在附近租了屋，老婆孩子也从乡下搬到广州来了，家里有进口彩电、录像机和摩托车，抽的是名牌进口烟。提起包工头，农民工们的脸上忽然流露出不难觉察的不安，也许是出于打工仔一种特有的认命心态，他们不愿向我过多透露包工头的情况，只示意他就住在不远那间屋。我抬头望去，那是一间建在高处的白色的精致小房。我忽然记起刚才阿石那句令人不敢苟同的话："人分几等，我们是最低一等！"

夜深了，附近高耸的市科技情报大楼隐隐透出亮光，显得神秘而高深莫测。造型别致的儿童活动中心霓虹闪烁，设计新颖的广州大学群楼、已落成的高层居民楼宇星光点点，而龟缩一隅的窝棚"铁笼"一片黯然，俨然匍匐在繁华闹市中的可怜乞丐。那些已搬进大楼的幸福的城里人，曾立于窗前回望一眼这群为城市建设流着大汗的人吗？人们在责怪农民工脏乱、愚昧和容易满足时，曾为他们的朴实、真诚和吃苦耐劳的品质感动吗？

杉木栏路上，有一间极普通的环卫宿舍。

这是间砖木结构老屋，显然年岁不小了，也许已步入危楼行列，踏上木楼梯，似有摇摇欲坠的感觉。二楼黑窄的长廊末端一间光线暗淡的房子里，邓家父子正蹲在床上吃饭，床前一个木箱上放着一盆炒白菜和一碟咸鱼。地板积满污垢，墙上有蛛网，堆在床角的被子散发着异味，父子俩却吃得很香，黝黑的脸上透出热气。旁边的阿根和阿伟也是合铺，上床则属于返乡未归的李氏兄弟。房间很狭窄，眼下是冬季，挤挤尚可应付，盛夏的难挨就可想而知了。走廊外的公用厨房已经爆满，不可能再让出地方，他们只能轮着在房里煮简单的饭菜。在乡下，地方倒是有，就是没有钱；在城里，有了月收入，房间里却要摩肩接踵，逼仄避让。

说不清是他们得罪了邻居，还是邻居们瞧不起他们，从谈话中我觉察出邻居们对他们并不是那么友好。起初父子俩支吾以对，不大想说出李氏兄弟返乡迟迟未归的原因。反复询问之下才知道，他俩因在窗口撒尿，在地上丢烟头、吐痰等被邻居嫌弃而被赶走。

他们大口大口地扒着热饭，定神瞧着饭煲往上冒的热气，室内暖融融的。他们用半咸半淡的粤语说着家乡龙川县如何穷,如何做清平市场和附近街道的保洁,进城后帮补了生活,乡下的家把茅房拆了,盖起了砖屋……

二

文化假日酒店工地,坐落在广州市环市中路,是新加坡假日酒店集团投资兴建的25层大酒店。这家占地8700平方米,集吃、住、玩、购于一身的旅游酒店,正以三天一层的速度节节高,建成后,又将跻身广州富丽堂皇的高档酒店行列。

当豪华气派的酒店大门前照例摆出"衣冠不整,谢绝内进"的"免进牌"时,何曾有人想起,衣衫褴褛的农民工正是酒店的缔造者!

市建二公司第一工程处700多名工人中的600多名农民工,是酒店的建筑主力军。他们每月领140元的工资,一天干12小时,住在兴建中酒店主体偌大的地下室里。潮湿、黑暗、污浊、邋遢,床底下常常积水5寸,夜里上厕所,常常要在水里摸鞋。

夜里9点,农民工们开始从几十米高的工地分批下来。他们扔下沾满污泥汗水的工装,提着锈蚀的铁桶,走进每日必到的乐园——一间40平方米的简易冲凉房。冲凉房里没有灯,却异常热闹,哗哗的水声,嘭嘭的铁桶撞击声,嗡嗡的人声,还夹杂着高亢的流行歌声,在黑暗中汇成一支杂乱而欢快的奏鸣曲。黑暗中,无数躯体赤条条地拥挤一起,像一群舞动的蛟龙,又像一堆蠕动的白蛇。接下来便是例行的夜宵了，民工们照例一顿狼吞虎咽，然后一头钻进地下室那永远不去清洗、满是污渍、散发着异味的被窝。日复一日，月复一月，他们已习惯这样生活。他们睡得很甜，他们的身体从来没有毛病。有人说，他们吃的是草，但挤的是奶啊！

三

1985年，五华县一批青年农民应招到广州某航修厂当敲锈工。敲锈工的工作环境是恶劣的，有时烈日下在船沿悬空几小时，有时在容易缺氧的船舱，体质不好是不能从事这工作的。工人们日常必须有充足的营养补给和休息才能保持体力。厂方一开始便注意到工人的营养问题。有一名农民工每顿只吃五分钱青菜，厂里几次提醒他：不要顾得挣钱回家忘了身体。他因长期营养不良，有几回竟晕倒在船台上，被同伴们背了下来。为了避免出现更大的事故，厂方劝他回家。他急得哭了，竟一下跪倒在队长面前，声泪俱下："实在不是舍不得吃，只是家穷，连买盐钱都没有哇，求求队长做个好人，让我干吧，能多挣些就挣多些吧！"听了这样的"求饶"，谁不动情呢！厂里让他留下了，但严厉警告，必须加强营养和休息。他同意了。于是，他每顿除五分钱青菜外加了一角钱肥肉，他觉得这样挺好了，以为可以支撑正悄悄走下坡的身体，然而这样的强重劳动，这样的体格，一角钱肥肉能解决什么呢？一角钱肥肉对于一个长期从事重体力劳动者无异于杯水车薪，终于，某一天在敲锈时，他从十几米高的船沿上掉了下来……

事后，家属来领回他的遗物时，工友们才知道，他在航修厂干了三个月，连伙食和必需的日用品竟总共才用掉 100 元，他把每月所有的工资全都寄回家里去了。

采访中，农民工如此窘迫的生活境况强烈地震撼着我。他们为摆脱穷困，不顾安危甚至搭上生命，这些故事无时不在触动着我的神经。

然而，这座正在通往现代化的城市，尽管困难重重，还是正竭尽所能集中财力物力，让农民工告别单车棚，搬进新的集体宿舍，从密不透风的窝棚、地下室迁到了私人出租屋，切实提高他们的生活和伙食质量……几十万农民工的生活在政府、企业的关怀爱护下正一步步得以改善。

广州离不开他们

一次,广州市劳动局一位处长到某棉纺厂调研用工情况,打趣地对该厂劳资科长说:"假如国家不让雇用农民工,你们厂怎么办?"

科长哈哈一笑,回答得很爽快:"我们厂头一个关门!"

科长说的是实情。

永新染织厂一个准备车间每日向织布车间提供数以千计的纱团,这些纱团变成各种各样的中高档印染花布行销海内外,而这个300人的车间中农民工占了150多人;市建三分公司近年先后承建了中国大酒店、国际金融大厦、天河体育中心、珠江商业大厦等重大工程,两公司的职工人数与农民工人数却逐年呈反方向迅速拉开距离,如今,农民工已有4200人,广州职工只有3800人;以石英钟和塑料玩具而远近闻名的先达轻工电子配件公司每年创造着近3千万产值,其农民工与职工的比例是9∶1;广州硫酸厂一个复合肥车间一年创利100多万元,这不算少的利润当然包含兄弟车间的劳动在内，但这个起主导作用的车间里的100个工人中，农民工占了90多人。

这样的用工比例在广州的工业企业中屡见不鲜，而在讲求技能、讲求素质、关乎企业命脉的企业一线生产岗位上，刚从土地解放出来的农民工能够适应吗？可以胜任吗？带着这些疑团，我走近了他们。

一

他是来自广东增城农村的19岁小青年，创造出了广州电筒行业前所未有的岗位生产奇迹。1987年，他被评为全厂年度先进工作者，连续六次劳动竞赛荣膺榜首，他的"试火"技术令众人倾倒，他的名字叫陈国顺。

一支手电看似简单，从生产到成品却有着复杂的工艺技术流程——筒身、开关、电珠套管座、试三级开关、头部、校光、复光、尾部、成品检验、包装……

当一支电筒配件的几百道工序全部完成，最后经过装配流程这10个工序成为成品，这支电筒的全部价值就凝聚在那么一束雪白的亮光上。而测试这一束亮光合格与否是多么重要！电筒通常的5个质量问题，有4个便在此得到发现和纠正，测试亮光合格与否必须具备一定的技术资格。支配和检验每支电筒的命运与价值的，就是流程中的关键性岗位——校光，俗称"试火"。

陈国顺入厂仅两年半，却有一年半在这个岗位上。

看上去，小陈似乎不像一般青工那样眉精眼企。他说话很少，朴实憨厚，举止有一股"土"气。但入厂半年，他就以干活勤快、肯学、灵巧为人称道，车间领导也开始注意到这小伙子。头一年，小陈默默地在"装头部"苦干，他除了干自己的，还帮助其他人干。他是个有心人，从中掌握了流程中各个岗位的技术要领。不久，车间主任调他到"试火"岗。这一调，职工心里都吃了惊，这"试火"可一直是四级工干的呀，弄不好，整条生产线的奖金都搞砸了！他能行吗？小陈腼腆地笑笑，没说什么，却老实地往那"试火"工的椅子上一坐。几个月里，职工们把眼睛都盯在他身上，不过这时候已实行计件，反正各人做各人的，做多少计多少，工资奖金捆在一起。小陈拿的是班组中较高档次的月收入。

1987年6月开始，车间举行月度劳动竞赛。头一个月，别的班组同一工种时产最高者比定额高出125%，小陈却高出131%。定额是320支，而他的时产是740支。小陈得了第一名，他尝着胜利的果实，一晚没合眼。职工们都知道，这第一名来之不易，因为这都是手工操作啊！

竞赛在逐月进行，小陈也一次又一次地加倍付出汗水。8、9、10三个月，小陈在不断打破自己创造的纪录中稳占第一名宝座。11月，指标猛跃至228%，时产竟达到了一千多支手电筒！12月，指标在一片喝彩声中稳定在184%的水平上，这时第二名只达128%，第三名则与小陈相距72%之遥。

陈国顺在7次劳动竞赛中竟有6次独占鳌头，遥遥领先，人们都叹服了。这平时土气得掉渣，令人不屑一顾的增城小子，当然地拿了1987年度厂级先进标兵金牌，在该厂不短的农民工用工史册上，他还是第一个农民工标兵呢!

二

车间里上百台打纱机像闷雷一样隆隆作响，几千个纱锭同时以秒为计算单位高速旋转，发着单调而有力的"唰唰"声。在机械高强度的噪声面前，人忽然变得那样的弱小。

一大群农村姑娘是这个车间的主力。

车间一线打纱工，工作程序并不复杂。将一挑纱线放在网箩样的铁线圈上，然后找出纱线的接头，接到一个塔形的筒子上，余下的就由机械操作了。但正如单调的三原色经过不同形式的组合会出现五彩斑斓的色彩一样，打纱车间乏味的操作程序在纺织姑娘灵巧的手下编织出了饶有趣味的内容。

何雪仪，一个来自三水县三溪乡的农村姑娘，正是在这平凡单调的工作里编织出了一个美丽的梦。在这梦中，她尝到了生活的乐趣，尝到了人生的甜蜜。

她是车间近200名农村姑娘中的一个。一双丹凤眼水灵而动人，个头不高，却显出一种娴静和秀气。几年都市生活的洗涤，让她能说一口流利标准的广州话，乡下姑娘身上的土气和拘谨也在不知不觉间被淘抹掉,她在矜持中显得落落大方。

她每天8小时不停地在机台前走动,警惕地监视着25个高速旋转的纱锭。比头发丝还要纤细的棉纱经常会断,打结就成为一门了不起的学问。结要打得细,又要牢,更要快,结子长度不能超过0.5公分。质量严格得不能再严格。为使质量、产量达到最高值,何雪仪几年来不断地下死功夫,纤嫩的食指和拇指常因练打结而红肿疼痛,磨出血泡,长成硬茧。如今,在打纱机前,她变得心应手,应付自如了。在这个300多人的天地里,她的产量和质量是高水准的,棉纱各种指标长期保持在99%以上。同样的机台,别人的质量平均为70%~80%,她却能达到100%以上,有一个月竟达134%。她的动作简练准确得不亚于精确的电子计算机,不得不使她的同伴甚至师傅们折服。于是,荣誉接踵而来,她的名字和事迹不止一次地刊载在厂报上,她多次被选派作为厂代表在全行业中进行操作表演,并将络筒操作能手的殊荣轻而易举地争到了手,给工厂和自己,以及所有的农民工都带来了一份荣耀。两年间,她连任工厂的生产标兵,在全厂10个标兵中,农民工仅此一个。

这个三年前初中毕业,准备继承父辈耕种生涯的农村姑娘,做梦也不会想到三年后自己的巨大变化。她明白,这里头有工厂、师傅栽培的心血,有自己的汗水洗涤的艰辛,更有改革开放国策下这个城市的一份功劳。

能够在生活中站起来的人,就会展示出一种自信。陈国顺、何雪仪等工作在广州一线生产岗位上的农民工们正是给了自己,也给了别人一种生活的自信。

  在广州，农民工中这样的优秀分子当然还有很多很多，他们为这座城市创造价值，奉献青春。城市需要他们，离不开他们；他们改变着广州，广州也在改变着他们。

  或许，有一天，他们将把知识和技术，把城市文明带回农村，改变家乡的贫穷落后……

工会里的"农会"

一

农民工来到陌生的广州，融入城市的机体，几十万人每天吃喝拉撒睡的生活需求考验着城市的智慧与能力。他们的精神需求，文化、教育、娱乐、培训以至情感生活更是一道道基层企业必须面对的迫切课题。而事实上，拥抱脚下这座城市，主动接受现代文明的熏陶，创造每一个自我提升的机会也已成为农民工们的一种自觉。

1986年初，市一棉厂由工会牵头组织了一次与农民工代表的对话，100多名农民工代表厂里900多个同伴参加了活动。会场气氛异常热烈，对话一开始便进入高潮。别小看这些平时走路低头、说话脸红的乡下妹子，她们认真起来还真有点"麻辣"劲呢!

"工厂就是我们的家了，下了班总该给我们安排安排吧。""晚上让我们上哪儿去? 能不能给我们买几台电视? 最好是彩色的。""春节快到啦,加班回不了家的怎么办?""厂里的图书馆为什么不向我们开放?""能不能给我们办文化补习班?""休息日,厂里组织我们去旅行吗?""我们要学跳舞,学健美操,厂里各种文娱活动我们都要参加!"

不同的乡音通过麦克风传递出迫切的渴望,纸条不断被传送到会场主持者手里。诉求都是合理的,就看工会能否做出切实的回答。

工会主席犹豫啊!农民工不是正式职工,但近千名农民工是厂里的主力军,按理,职工能享受的一切他们能都享受,可是他们还不是职工,身份还是农民,工会可以打破规定接纳他们吗?一番酝酿后,终于,工会会同厂领导毅然拍板:满足农民工们的需求!

任务由工会一个个地落实。图书馆率先向所有农民工开放;新买来了两台彩电、录像机;请来了老师教姑娘们跳舞和健美操,俱乐部的规模在不断扩大,办得红红火火;组织运动会、联欢晚会;教育办还专门聘请老师开办了几个初中文化补习班。春节,几百名农民工加班没回乡,工会在附近酒家订了酒席,异乡的兄弟姐妹们美滋滋地在一起吃团年饭,一连几天游园联欢,欢度佳节。工会把全部人手都投了进去,一心一意为农民工服务。

这一切,职工们看在眼里,口里不作声,心里却在嘀咕:这下好啦,我们的工会变成"农会"啦!

是的,工会变成"农会"了。就说那俱乐部吧,一星期两晚录像,一晚舞会,都成了农民工的欢乐世界。姑娘们在家里过惯了贫乏枯燥的生活,平时几个姐妹结伴趁个墟,凑一块热闹一下也算是件开心事，但哪懂得什么快三慢四，什么探戈、华尔兹、迪斯科？来到城里，她们才发现生活原来还可以如此多彩！

11月的一天，青年歌唱大赛在厂里拉开帷幕，参赛者有60多人，农民工占80%。职工们能歌善舞，但农村姑娘们也毫不逊色。她们轮番登台，大展歌喉，令评委们刮目相看，赢得了潮水般的掌声。最后她们中有20多人包揽了二、三等奖。

织布车间一个叫黄桂球的三水姑娘患了急病，厂医务室无法治疗，怎么办？是送她进医院，还是送回乡？工会选择了前者。经医院诊断，她患了子宫肌瘤。如果这病发生在职工身上，医疗费用当然由工厂承担，但病者是个来厂不到一年的农民临时工，合同上写得明明白白，除工伤外一切医疗费用必须自理。这是花大钱的病，她以及她贫穷的家能自理吗？厂里怎可见危不救？工会和厂领导二话没说做出了决定，一切医疗费用由工厂承担。住院期间，工会领导时常亲临探望，病床上的她每见一回工会的同志，便哭一回，她确实太感动了。一个纯朴的贫苦农村姑娘，这时候除了热泪，还能以什么方式表达感激之情呢？工厂爱护自己，胜似爹娘，自己给爹娘干过什么吗？她暗暗发誓，一定要用勤劳的双手报答工厂的恩情。

二

20世纪80年代的中国农村，文化教育极端薄弱，农民工一旦进入城市，这个问题便立即暴露无遗。

广州某棉纺厂对厂内几百名农民工进行过一次文化摸查，试卷出的是小学语文、数学试题，结果70%的人不合格。改卷老师惊呼：文化正在我们的农村萎缩！让老师们震惊的是，通过这50万广州农民工的缩影，可看到广东农村农民的文化水平，可看到当今中国农村这一代农民的文化现状！

如果你打开几十万农民工的档案，你将会和老师们有同一感受。他们的学历这一栏大多写着：小学、小学未毕业……即使偶有初中毕业生，是否有初中真实水平，也值得怀疑。

令人欣慰的是，这几十万进城农民中不乏有识之士。他们在新的生活中已不满足于半懂不懂地看武侠小说，过着在人家屋檐下看电视的业余生活，而开始意识到自己与城市、与时代的距离。

在我采访的这间工厂里，由于考试不合格而萌发求知欲的农民工纷纷向工厂提出要求：我们要学文化！工厂当然应允，提高工人们的文化水平关系到企业的发展大计。招生公告甫出，报名人数便爆满，三天增至160多人。四个补习班很快筹备就绪，从小学五年级课程补起。但学文化也不是件轻松事，有些人的学习动力不足，学语文，但求会写信；学数学，会算账就行。如此低的动机怎能熬得住业余学习之苦呢？数月下来，半途退学者不少，像大浪淘沙一般，但有超过半数的人坚持了下来，他们堪称农民工中的尖子。

譬如小林，在家乡只念过小学，在工厂文化摸底中几乎是垫底的。但两年来，她刻苦工作且勤奋学习，从未缺过半节课。为了学习工作两不误，她特地买来闹钟提醒自己早起。为掌握知识点，她下了夜班还埋头功课，老师也为她的学习精神感动，时常赞扬她并号召同学们向她学习。两年后，小林完成了初中的全部课程。而她觉得这才是开始，还要坚持学习，才不愧为都市的一员。

其实勤奋好学的又何止一个小林？又何止这间工厂中存在能坚持学习的农民工呢？据了解，海珠区职业技术培训学校从1983年就开始举办"施工管理""土建预决算班"等专业技术培训班，参加学习的学员大半是来自市区各工地的农民工。据我了解，全市有十多间业余职业技术学校正开办各种专业培训班，如"实用电工""冷冻机维修""无线电基础""会计基础"等，都成了农民工投身学海的抢手专业。他们开始懂得，知识可以改变命运。

三

每在女工多的企业工会采访，很容易便聊起农民工的婚恋。爱情的绚丽，花花绿绿的都市生活，对于孑然一身的农村姑娘似乎更有魔力。然而，当有一天她们幸运地被丘比特的神箭射中，沉醉于爱河，美好却无可避免地遭遇庸常和世俗，现实便变得残酷起来。面对情感，她们的心忽然变得复杂而脆弱，终归逃不掉弱者的命运。

在那些物质并不充裕而传统观念却根深蒂固的年代，爱情雨夹杂着生活的桎梏和愚昧偏见的泥沙向她们袭来，美妙往往就被涂上一层悲情色彩。

一接触到爱情话题，农民姑娘的神经便变得敏感起来。她们将内心隐蔽，把一颗柔软的心封锁得严严实实，即使与她们最知心的工会女干部，也只了解一鳞半爪。姑娘们总是嘿嘿一笑："哪有心思去谈这些哦？""人家城里人哪瞧得上咱啊！"姑娘们说着，脸色便黯淡下来。

据我了解，她们尽管会有约会，然而爱情大多不如意，当然，当中也会有幸运儿……

1987年一个仲夏之夜，某染织厂两位女民工来到市三宫舞厅，在舞池边，她们边饮咖啡，边欣赏翩翩舞姿。这时有两位男士走过来，恭敬地请她们跳舞。姑娘说，不会。男士说，不会就学嘛，我教你。他们的认识便从浪漫的舞曲开始。此后，他们常常双双出入于这个舞厅，感情也在充满动感的光与影中逐渐升温。一年后，他们中的一对喜结良缘。婚宴上，人们才知道，姑娘之所以有今天，是她的户口千方百计通过关系办妥了。而另一个博罗乡下的姑娘终因农民身份带来一连串无法解决的现实难题，爱情无疾而终……

广州某橡胶厂炼胶车间的年轻职工小欧，与同班组来自边远山区的姑娘小刘是一对工作的好搭档，两人日久生情，坠入爱河。恋情公开后，工友们既为他们感到高兴，却又不无担忧：他们能顶得住家庭压力成眷属吗？介绍小刘来厂上班的亲戚把事情告知了她的家人，姑娘的父亲很快从乡下赶来，软硬兼施劝说女儿，最后撂下一句：你攀城里人，你就不要回家！厂里对此也很重视，一再苦口婆心劝双方：厂里不想阻挠你们相爱，但有些实际问题你们不能不慎重考虑啊！那亲戚竟劝小刘不要留在厂里了。现实的风雨一次次无情地击打着这朵爱情之花。他们内心茫然,常默默流连在珠江河畔。一个深夜,他们紧紧依偎在江边栏杆上,为自己不幸的爱情抱头痛哭。他们的反常举动引起了保安人员的注意……他们被送回厂里。1987年9月,这对年轻人终于在各种压力下含泪吻别,劳燕分飞,小刘怏怏离开了橡胶厂……

辑三　老城之春

世界为南沙描金画彩

南沙之梦是金黄色的，也是蔚蓝色的。金色代表财富，蓝色，是因为南沙临海，而海洋是蔚蓝的。

新千年的第一个金色的秋天，中国南方一座正向国际化挺进的城市，对国内外传媒勾画出他们心中瑰丽的梦想：广州将在珠江入海口、珠江三角洲的几何中心缔造一片新的热土，它不仅将成为广州新的经济引擎，城市还将因它而张开双臂拥抱海洋，从此成为真正意义上的滨海之城。这方热土叫南沙……

世界因南沙而动

伴随着广州放飞梦想而来的，是响彻全球规划业界的隆隆足音。2002年4月16日，中国招标网上发布一条通告：广州南沙地区整体城市设计国际邀请赛即日开锣。这是一个正在阔步迈向国际化的大都市向全球规划界发出的真诚呼唤。

世界是敏感的。当地球上不同种族、不同肤色的城市设计师们在屏幕前用鼠标点击着中国广州南沙，并为它优越的地理位置赞叹不止时，他们敏锐地觉察到：中国人正不失时机地抓住一切机遇谋求发展，力促经济，同时注重生态环境、旅游休闲，讲究生活质量。中国人已经强烈地感受到了世界对城市滨水区的再认识，意识到滨水区的再生、改造给人类的启示以及全球化对城市滨水区开发建设所产生的影响。中国沿海城市建设正朝着一种全新的格局发展，东方这条巨龙真的在翻腾舞动！

通告规范严谨，"考题"命题准确、科学，极具专业力度，大赛全程将严格按照国际惯例进行。

业界一呼百应，世界闻风而动。从4月16日至25日不足230小时内，竞赛组委会就收到来自美国、英国、法国、德国、意大利、日本、澳大利亚、荷兰、丹麦、新加坡以及中国香港等44个国家、地区和城市的世界顶级或知名设计机构、设计联合体的报名申请。

这是一次世界城市设计师的群英会。轻轻翻开记录着参赛机构伟绩的材料，眼前恍如掠过无数缤纷光影。你会有一种步入圣殿的感觉，仿佛正站在世界城市规划设计神圣的阅兵台上，那些世界顶级设计师们正携着自己的得意之作从你面前昂扬走过，接受你的检阅。而他们正是为你而来，为你所热爱着的这座城市而来，他们将要用人类智慧的结晶装点你生长、居住的土地。作为一个中国人，作为这座城市的一分子，难道你不会感到一种崇高与自豪吗？

正如参与南沙开发建设的所有中国人一样，他们看中了南沙这方热土可以又一次给自己提供施展拳脚的机会。

世界正注视着南沙，世界将要为南沙描金画彩。

南沙如此多娇

滨水地区，从古至今都是人类生息繁衍以至谋求发展之所在。中国古代关于水的著作中不乏水是万物之源的学说。名篇《管子》认为："水者，何也？万物之本原也，诸生之宗室也，美恶、贤不肖、愚俊之所产也。"古人认为，水不仅是生命根本、万物之源，而且是治理国家和教化人类的关键。无怪乎尼罗河流域、两河流域、黄河流域、亚马孙河流域这世界四大流域流淌出了人类几千年的璀璨与文明。翻开世界地图，那一条条奇妙的水体以及人类沿水而建、而居的城市，印证着人类对水的崇敬和热爱。这种生命对自然的原始崇拜，充分体现出人类亲水的天性。

人类天性喜水，爱在江河湖海之滨或海陆交汇之处居住。便捷的港埠交通，兴旺的海河商贸，使多元的文化在这里碰撞、融合、延伸，给这些城市带来了鲜活繁荣和独特魅力。这或许是人类社会的自然发展规律，也是上天给辛劳人类的回报。从古至今，从小村镇变成大城市再发展到世界级港口城市，人口从几万到几十万再到几百万、上千万，恒久漫长的岁月冲刷洗礼，不但没有洗去城市临水和人类亲水的分布特色，反而使这一传统被不断发扬光大。如美国大西洋沿岸的波士顿、纽约、费拉德尔菲亚、巴尔的摩与华盛顿形成的大城市带；美国与加拿大在五大湖区形成的由多伦多、芝加哥、底特律等城市组成的环湖城市圈；太平洋沿岸的温哥华、西雅图、旧金山、洛杉矶、圣迭戈等串成的城市链以及充满温馨浪漫色彩的坐落在欧洲各国的河畔城市群。而纽约、悉尼、里约热内卢、威尼斯、东京和中国的香港、苏州、青岛等城市也都因滨水特征鲜明而在世界享负盛名。改革开放后的中国，北起大连，经天津、青岛、上海、厦门至深圳、香港，业已迅速发展成为人口密集、经济发达的弧线形沿海大城市链。

而南沙引领广州南拓到海，让她成为真正意义上的海滨城市，从而成为中国这一沿海大城市链条中的又一颗闪亮的明珠。

站在广州城市规划局南沙分局大楼宽阔明亮的落地玻璃窗前，举目远眺，眼前的狮子洋静静地流淌着。丽日蓝天下，青山绿水，一桥飞架——雄伟的虎门大桥将南沙与东莞市紧紧相连。啊，南沙，这块地处珠江出海口的绿色滨水之地，不正是人类求之不得的风水宝地吗？

国际邀请赛技术审查委员会的专家们和我说起南沙地形地貌和所处战略位置，说起南沙"大工业、大物流、大交通"的滨海城市全新发展思路和世界著名滨水地区的改造，说起各参赛机构的代表作品以及各个方案的设计风格特色，如数家珍，在我脑海里勾勒出一幅色彩斑斓的新南沙立体图。娓娓而谈之间，我被感染着，分明强烈地感受到一股股热辣的气息扑面而来，那是发自开垦者心底的热切期盼与呼唤,就像狮子洋上盛夏的热风,予人鼓舞、震撼和力量。

南沙的建设者们肩负的是开发创造的时代重任,而南沙肩负的是开创中国南部一个现代化滨海城市未来的历史使命。

站在巨大的俯瞰图前看南沙,南沙宛如一片舒展在大海边上美丽悠然的芭蕉叶。区内河网密布,湖塘众多,北部多是绿色的农田,南部则是自然生态保持良好的围垦湿地良田。而难得的是,南沙有连绵的山丘。在国内,既有青山也有绿水的滨海城市并不多见,而南沙却山水兼容了。如果以它为中心画个半径60公里的圈,便囊括了南海、佛山、顺德、鹤山、江门、新会、中山、深圳、珠海、东莞等湾区城市,若再把半径扩大到100公里,则整个珠三角湾区城市群都将被网罗其中。南沙背靠着珠三角近5000万(2004年)人口的广阔市场腹地,而又通过穗、深、珠、港、澳五大国际机场将触角伸向海内外,市场潜力和辐射力非比寻常,战略重镇地位显而易见。

广州人为什么会看好南沙?因为南沙山、水、城交融,位于珠三角地理几何中心,有着一个城市可持续发展的得天独厚的地理自然条件。为什么在这个时间节点选中南沙?因为古老的广州需要拓展山、城、田、海,需要"南拓、北优、东进、西联"的跨越式城市空间,因为广州正向国际化大都市迈步,须积极应对国内外的新机遇、新挑战,进行前所未有的城市发展战略调整。广州必须面对21世纪新的世界经济格局这盘棋,而南沙将是广州在这盘棋中走出的关键一步。

眼下的南沙向前迈进的步伐是坚定而豪迈的，建设者们力求高水平、高标准，力促南沙实现以造船、汽车、电子、高新技术、临港、钢铁、化工等大工业为基础，以依托港口为核心的大物流、大交通的产业发展思路，南沙正向着适于创业发展和生活居住的山水型生态城市目标，一步一个脚印地砥砺前行。

这便是如此多娇的南沙，这便是将要崛起的南沙。这也便是南沙地区整体城市设计举行国际邀请赛的理由。

南沙将会告诉你

西方国家规划设计开发利用城市滨水区的历史，最早可追溯到两千多年前古希腊的雅典和意大利的罗马城。那一排排沿水而建的不规则的、独具韵味的低矮楼房，那一条条纵横逶迤、蜿蜒曲折的步行水滨小道，就已饱含着丰富的古代设计思想。到了20世纪中叶以后，滨水区的规划开发成为一个世界性热门话题，英国的伦敦、利物浦，美国的西雅图、奥克兰和旧金山，澳大利亚的悉尼等都在那时开始了滨水区的规划改造，闻名于世的悉尼歌剧院就是那时期的杰作。在那之后，滨水区开发思想一直延续影响至整个太平洋圈以至整个欧洲。这是由于滨水区已在世界范围内迅速成为城市中极具活力的经济社会载体和独具吸引力的环境载体。20世纪90年代开始，中国的青岛、上海、武汉、厦门、深圳、北海等城市滨水区的规划改造也陆续起步。

放眼世界，半个世纪以来，外国的城市设计师们孜孜不倦、勇于探索，用辛劳的汗水浇灌出不少划时代的伟大作品，可谓星光熠熠。如曾因其巨大的成功引起全世界的规划师、发展商和学者关注的位于美国马里兰州的巴尔的摩内港滨水系统规划；如花费40亿美元，历时8年，现已变成新的城市中心的日本神户大阪湾港口；如堪称当代经典之作，为韩国滨水城市的发展描绘了一幅令人振奋图景的韩国釜山港；如素以设计水准高和公共活动空间丰富而著称的西班牙的巴塞罗那，在地中海之滨建起的奥林匹克中心，让原来只有工业的地方筑起了一道亮丽的城市风景线……

这样的滨水惊世佳作在美、欧、亚、大洋洲比比皆是，不胜枚举。

在世界城市规划设计的艺术长廊里，伟大的城市设计师们雕刻出了一座座值得人类引以为傲的光芒四射的不朽丰碑。

而南沙，明天的南沙又将会如何？它会交出一份让世人眼前一亮的答卷吗？

昨天，南沙是勤劳但封闭落后的。今天，南沙是勇敢、智慧而务实的。明天，南沙将会告诉世人一切。

其实，在城市设计国际竞赛中涌现出具有超凡价值和创意的设计方案，从而筑起一座新城或一片建筑群，以此带动一个国家的城市发展，这在世界城市建设史上有着无数成功的经验。近年来，北京、上海、武汉、广州等国内大城市都有过令人称道的尝试。如广州国际会展中心、广州白云国际机场、广州体育馆，以及在建的广东科学中心和广州大剧院等几大建筑，又如上海的人民广场、上海大剧院、黄浦江两岸雄伟别致的建筑群，等等，都是各种城市规划国际咨询、竞赛结出的丰硕成果。广州，作为已在由滨河向滨海转变的城市，在汲取世界先进规划设计理念、借鉴国内外城市成功经验方面，一直表现着极大热忱和渴求的姿态。在举办这次城市设计国际邀请赛的一年多前，广州市城市规划局就组织了为期四个月的"广州珠江口地区城市设计国际咨询"和"新千年城市滨水地区国际研讨会"。可以说，这是本次国际邀请赛的前奏，传递出广州规划界紧跟世界潮流的铮铮足音。

南沙在默默前行

2002年6月18日，对于这次国际竞赛的入选机构来说，是一个值得庆贺的日子。竞赛委员会从44家设计机构中正式邀请5家设计单位或设计联合体参加"广州南沙地区整体城市设计与重要节点城市设计国际竞赛技术文件发布会"。

这5家入选单位或联合体分别是高柏伙伴规划园林和建筑事务所（荷兰）；香港泛亚易道公司（中国）和KPF（美国）；新科建筑与工程顾问私人有限公司（新加坡）和NBBJ（美国）联合组；SASAKI事务所（美国）和华南理工大学建筑学院（中国）；巴内翰建筑、城市规划与景观设计联合建筑师事务所（法国）和广州市城市规划勘测设计研究院（中国）。

以联合体的方式参加国际性的城市设计竞赛，在国内尚属首次。

他们为什么要结盟？道理是显而易见的，因为国外权威规划机构对南沙处于"大珠三角经济圈"核心地带抱着一种高度重视和审慎的态度，而城市设计必须充分了解该地区乃至整个国家的发展特征和态势。不同地域巨头的珠联璧合，不仅有助于优势互补，也能促进中西方文化的碰撞，激起绚丽的火花。

这几家被选定参赛的国外设计机构在世界规划界的地位举足轻重。他们以其先进的理念、巧妙的创意、高明的手法创作出的杰出作品，为人类文明添加辉煌，从而在世界规划界确立了各自无可替代的地位，并因此屹立业界潮头。

如高柏伙伴规划园林和建筑事务所被誉为荷兰最大的从事空间规划、城市建筑、建筑艺术及园林景观建筑的事务所，完成了大量有口皆碑且获得最高荣誉的城市建筑与建筑艺术作品，由此赢得了大量国内外公开竞标项目。代表作品有沙特阿拉伯沙特国王大学校园的总体规划与设计、迪拜的一项"五广场"计划、荷兰多处海滨规划设计、科威特国际机场的总体设计等。

又如擅长高层建筑设计，以对设计及细部的执着而赢得杰出名声的美国KPF，著名的从事整体规划、城市设计、建筑设计的美国NBBJ，被誉为全球最大的景观设计和规划公司的香港泛亚易道，他们的代表作可谓星光灿烂。上海环球金融中心、芝加哥大学总体规划、西雅图中心区城市设计研究、香港迪士尼乐园、欧洲迪士尼乐园、亚特兰大百年奥林匹克公园、香港阳明山庄等都是他们享负盛名的杰作。

而最值得关注的是，近年中国城市规划设计中熠熠生辉的作品大多也是出自这些世界顶级设计师之手。如高柏事务所的北京商务中心区规划、上海高桥镇规划方案设计和详规设计、武汉市南岸嘴景观规划等；新加坡新科建筑与工程顾问私人有限公司的中国无锡工业园、中国逸仙科技园、广州至尊高尔夫球场等；美国NBBJ的北京常营大型居住区规划设计概念咨询；美国SASAKI事务所的广州汇景新城、科学城中心、珠江口地区城市设计等。珠江口地区城市设计方案还获得了波士顿建筑协会奖和联合国最佳实践奖的提名。

南沙是幸运的，幸运在她活在今天中国向世界敞开大门的伟大时代里，幸运在她一身轻装、一身胆识，幸运在她视野开阔、海纳百川。

五个精彩的南沙

对一个城市滨水区进行规划设计和重新改造，要设定的目标和所面临的体系是多元的，包括海岸线功能分配、空间形态塑造、生态环境、陆海交通、经济社会发展、历史文化的保护与传承、旅游休闲、适宜居住、可持续发展等，牵涉到经济、文化、自然、历史、人文以及观念更新各个层面。由于参赛机构多来自国外，设计师的经济和文化背景存在差异，对南沙的理解不尽相同实属必然。因而工作艰巨繁重在所难免。在默默工作的日子里，包括专家学者在内的所有人员与这片土地结下了深厚的情谊，像大地之子那样爱上了这里的山山水水。在他们心中，南沙的明天是美好的，美好需要智慧和双手去开创，而自己是千百个自豪的开创者中的一员。

在召开技术文件发布会的 4 个月后，2002 年 10 月 10 日，5 家参赛单位分别将他们费尽心血的设计成果按时提交给竞赛委员会。

5 个方案浓墨重彩，向世界雕塑出 5 个精彩的南沙。

一号方案由美国 SASAKI 事务所和华南理工大学建筑学院共同完成。作品向人们描绘出一幅山水结合、被称为适合中高收入阶层的"新城市主义"大南沙图景，将南沙的城市功能定位为：服务中国南部地区的交通枢纽和物流中心，区域性休闲娱乐中心和度假胜地，以居住功能为主体的花园城市组团。南沙城市中心区位于蕉门河内陆，东端沿虎门大桥为区域性度假胜地，而灵山镇和横沥镇为低密度住宅区、豪华社区，飘溢出独具特色的南国水乡风貌。在城市中形成运河加湖面的特殊景观，创造了一个延绵 3 千米的东西向水体轴线……

二号方案是法国巴内翰建筑、城市规划与景观设计联合建筑师事务所和广州市城市规划勘测设计研究院的力作。作品把南沙的整体城市空间结构分为五大区域，提出以"水连山海，城聚南沙"为向心性的"大南沙中心城"概念。虎门大桥的南北两段是高尚风情区和游艇俱乐部建筑群。方案突出之处是在灵山镇及横沥镇端部滨水区设立了一座耸入云端的锥形观景塔，成为整个南沙地区的视线焦点和地标，显示这一带是远期文化中心，而几座球形建筑勾勒出整个城市的中心轮廓……

　　三号方案由香港泛亚易道公司与美国 KPF 联合出品。作品在全球和区域背景下展开，锐意把南沙创造成新的核心城市、科技的生态港、高品质的生活场所、稳定的行政中心。运用多种城市设计元素突出南沙的滨水性。富有雕塑风格的滨海步行道，从龙穴岛到大虎岛的灯柱——海洋之柱和圆弧码头尤为醒目。作品以"高层、集中高密度发展，留出更多绿地"为口号。许多造型大胆新颖的摩天大厦分外抢眼，与远处整齐恬静的游轮港口交相辉映，又极富创意地将横沥镇端部人为挖开，另外堆出一个岛屿，形成三个"金三角"顶着一颗"明珠"的开阔境界……

　　四号方案是荷兰高柏伙伴规划园林和建筑事务所的独立之作。作品展现出一派南沙现代化大都市与自然完美结合的美景。"水上城市"是南沙未来的发展方向，虎门大桥与南沙岛东南角之间的南沙水滨、进港大道与蕉门河交会的碧水珠岛、南沙港景观中心区的世界花园等都显示出作品思维的活跃和对未来的畅想。作品的特色在于以"生态与经济的交响"为主题，创造出极富浪漫色彩的游轮港口和各种城市景观。太极式螺旋形港口、塔形旅馆、沙滩，人与大自然在这里得到完美的结合融汇……

　　五号方案由新加坡新科建筑与工程顾问私人有限公司和美国 NBBJ 联合提供。作品将南沙描绘成一个集居住、工作、休闲功能为一体，功能与各需求相互联系且充满动感魅力的环境，设定南沙的城市设计主题为：强化南沙自然的地形地貌、水道，协调配合城市发展规划，确保山水交织的南沙在城市结构中人居和自然生态系统的连贯。作品的特色在于对南沙现状分析透彻，被誉为是一部"体贴入微"之作……

2002年11月末，在广州市公证处的严格公证监督下，评审委员会对5个设计成果以无记名方式进行投票。终于，三号方案脱颖而出，摘下了本次国际邀请赛桂冠，二号方案则荣获第二名。

2002年12月1日，5个精彩的南沙规划方案与广州大剧院设计方案一起亮相于广州城市规划展览馆，正式向世人公示。

南沙，梦在飞翔

珠江，一路踏歌而来，在入海的那一刻，把一颗明珠留下……这颗明珠就是南沙。

未来的南沙是雄伟刚健而又风姿绰约的，它宛如一个强劲男儿与一个柔美女子的结合体，不是吗？在它的南端，是世界级的生态深水港，东南亚大型航运物流中心，那是伸向世界、拥抱世界的东方男性强有力的双臂；由虎门大桥一直延伸到龙穴岛，富有强烈冲击力的、连成一道南北纵向垂直线的如闪亮珍珠串般的"海洋之柱"，散发出一派充满男性魅力的阳刚之美。而中西部的灵山、横沥一带，这个南沙中远期的都市中心，将建成如女性般温婉柔美的内港绿色城市；蕉门水道上的三个"金三角"以至虎门大桥西端充满创意、人工堆积起来的岛屿和两个圆弧状的海洋游轮码头、休闲游艇码头，又像一个有着美丽丰满曲线的少女,婀娜多姿地迎来送往珠江东岸的来客……

广州,正舒展她的胸怀畅快地呼吸着来自世界的新鲜气息。

南沙,正把一个世纪的伟大梦想演变成现实。

南沙,梦在飞翔……

路桥飞架的神话

　　我曾在施工人员引领下攀爬上在建的高耸雄伟的桥墩，在滚烫的桥面上体味工人们高强度劳动的艰辛，在俯瞰脚下那一派繁忙的南沙大地的同时，经受火一般酷暑的煎熬；我曾走进那一排排简陋的工棚，体验石棉瓦下的闷热、蚊叮虫咬的痛苦和那午间小憩的片刻宁静；我曾与工人们一起走进那热烘烘的工地饭堂，在熙攘声浪和汗酸里狼吞虎咽，美美地咀嚼粗菜淡饭，和工人们一起分享劳动后的畅快、欢乐……

　　走在500多平方公里的南沙土地上，走在开发区在建的抑或已竣工的路上和桥上，我的心时刻都被一种莫名的东西触动着。在原是一片荒芜滩涂的土地上筑起有如蛛网般纵横交错的路和桥，一座绿色滨海新城将由此兴旺繁荣，一颗嵌在珠三角出海口上的明珠将由此生辉。除了决策者的高瞻远瞩和智慧胆识，这还归功于出大力、流大汗，战斗在一线的工人们！

横跨蕉门水道的新龙特大桥是南沙开发建设的重点桥梁，全长近2.5千米。我在采访时第一个遇见的便是华南路桥公司工程师贾纪文。他十年前毕业于西安公路学院路桥施工专业，现是大桥项目副经理，也是技术攻关带头人。当我在大桥尘土飞扬的工地上见到他时，他爽朗地向我伸出大手。这是我们第二次握手了，我们俨然成了老朋友。记得上次握手也在这儿，那是我第一次踏上南沙的土地，他向我们介绍大桥在建情况。我们在工地参观完将要离开时，我和他握手道别，问他："你是学路桥专业的吗？"他有点腼腆地笑笑，算是回答。他的外表、衣着和谈吐比一般的工地建筑工人还要自然朴实，与一个3亿多元工程项目经理的头衔怎么也对不上号。

此刻，他刚从主桥墩上下来，风尘仆仆的样子，黝黑的脸上满是汗。一坐下，他便用一口浓重的陕西口音，说起大桥最初碰到的一系列技术攻关，鏖战犹酣的他仿佛还沉浸在当时的激动里。

那是一个大雨滂沱的上午，万事俱备，只等一声号令，连接万顷沙与龙穴岛世界级深水港的特大桥梁主桥墩的第一根桩就要打下去。然而，在千钧一发之际，却出了问题，混凝土离析，严重阻塞管道，根桩灌不下去！这是经历过不少大桥技术攻关战的贾纪文甚少碰到的现象，出师不利啊！大桥上下所有人为此伤透了脑筋。他们请来各路精英，不分昼夜十次百次地反复做实验和模拟施工操作。那是一段寝食难安的日子……半个月后，他们终于迎来了一道曙光——调配出一种适合珠江口咸淡水配合比的水泥。而刚攻下主桥墩灌桩难关，大桥东引桥又告急，平台施工受潮水涨落影响，施工压力巨大！贾纪文等一班工程人员为此提出一个大胆的方案：筑岛围堰，变水上施工为陆地施工。但汛期就要来临，时间紧、任务重，大桥建设者们没有气馁，专门成立了直属综合施工队，随时调遣突击重点部位施工，24小时轮班作业，日夜奋战。工地上昼夜机声隆隆，夜里灯火通明如同白昼，那场面真有如千军万马排山倒海……

那阵子，新龙特大桥工地上上下下大有不成功便成仁的悲壮氛围。在珠江口汛期来临的前一个月，建设者们终于以不屈的姿态赢得了围堰战役的胜利。

我问贾纪文干路桥苦不苦，他呵呵一笑，说："苦，工地实在太苦了，我曾萌生过当逃兵的想法呢！后来，挺了挺过去了，也不知怎的就想通了，我是学这专业的呀！"

贾纪文是没有星期日概念的。他把两岁儿子送回陕西老家，为的是夫妻俩能安下心来在新龙特大桥干下去。工人轮着三班倒，他是天天三班倒。夜里，为了不吵醒妻子，他把对讲机音量调到最低，一响就立即爬起来跑出门外去。他平时的生活圈子就是四点——工地、办公室、饭堂、宿舍。而"老婆跟着老公走，老公跟着工地走"这顺口溜成了他跟随工程队转战南北的真实生活写照。

我问贾纪文："干了十年路桥，有最令你有感触的事吗？"

"当然有。"贾纪文感慨道，"每一次凝结着汗水的路桥建好了，我都喜欢独自徘徊在光亮的路面上，看着脚下的路桥蜿蜒伸向远方。那时，一种成功感油然而生，但我又马上就要离开了，留下路桥，走向一片新的荒芜。我们的生活就是这样循环往复……"

想不到贾纪文说得那么动情，在场的人都沉默着，沉浸在各自的辛酸里。

末了，贾纪文认真地说，在新龙特大桥上碰到的技术难题提醒他，自己的专业知识远远不够，需要更新吸纳知识，现在最希望能提高英语水平，因为要更直接及时地接收世界路桥建筑的新技术、新信息，而自己苦于没有时间。

踏上河堤的黄土路，建设中的大桥雄伟的主桥墩就在眼前。阳光下，蕉门水道明亮如镜，波光粼粼。我正意犹未尽，贾纪文手上的对讲机响了起来，他匆匆地奔向工地，临别时对我说："其实我没什么值得谈的，工地上有个'老黄牛'叫高福全，他是生产部部长，不过，工地太大啦，他正忙着呢。"

建设指挥部向我介绍，眼下的南沙，单是规划建设中的高速、快速公路便有5条。而区内河网密布，在各条高速、快速路上起连接作用的桥梁立交众多。单是北起环城高速公路的仓头立交桥、南至龙穴岛深水港的南部快线，全长67千米上便有官洲河特大桥、珠江特大桥、沙湾特大桥、下横沥大桥、新龙特大桥以及6座立交桥和5座高架桥。这些路桥已陆续投入建设。一路所见，工地尘土飞扬，一片热火朝天。

那天，带我攀上在建的新龙特大桥西引桥的是作业队经理林祝明。我从他黑红黑红的方脸上一下猜出，他应是个在工地上摸爬滚打二三十年的"老建筑"了。

工地上的风很大，林经理边扯着嗓门给我介绍工地的作业情况，边领我从岸边向西引桥的0号桥墩走去。差不多一千米的路程，一路热风，一路泥泞，一路坎坷不平，他大步流星地走着，如履平地。

在西引桥最高处的桥墩下，林经理停了下来。在我面前是一条窄窄的旋转向上的简易扶梯，尽头处便是30多米高的桥面，工人们每天都是攀爬这条令我心颤的工作梯上下的。林经理说声："上！"已一步跨了上去。他在上，步履轻盈；我在下，战战兢兢，紧抓扶手。他不断嘱咐我不要往下看，只管上。当我终于如释重负攀上桥面时，惊魂甫定，却已被眼前的豁然开朗和机械的雄壮吸引住了。工人们正紧张施工，巨型龙门吊在烈日下隆隆启动，一件件巨型混凝土预制梁被吊起，铺设到两个桥墩之间，系在一起。

七月的太阳特别毒。桥面是滚烫的，烫得能烤熟鸡蛋，珠江口阵阵清凉的海风此刻变成滚滚热浪，我已全身湿透。工人们却在烈日底下干得正欢，他们都穿着长袖工衣工裤和胶鞋手套，以此抵挡猛烈的紫外线。

龙耀文是装吊队队长，也许是常在龙门吊底下大声说话的缘故，他的嗓门特别响。他说他是武汉人，是西引桥龙门吊的指挥。他们在桥上一天干10小时，碰上加班就得干15小时，但不觉得特别累，胜在年轻，年轻是可以力去力回的。他不无得意地告诉我，头顶上这个庞然大物是他们武汉出品的，队里的年轻人多半也是来自武汉。在异乡操纵着家乡制造的机器，会倍感亲切。

大桥装吊工是极其辛苦的工种，除了要面对高空露天作业的艰巨和特殊性，还要懂得重型机械的各种性能和使用方法，顾及巨力底下自身和他人的安全。他们天天面对运行中的巨型吊臂、吊机和几十上百吨的钢梁、水泥砼，无时不与危险打着交道。在冷酷的钢架、水泥和钢筋预制件中摸爬滚打，在烈日严寒中高强度劳作，工人们练就了一身耐劳顽强的品质，保持着水泥砼一样朴实无华的本色！

我看着龙队长和他身后那群黑黑实实、精精干干的小伙子，油然生出一种敬意。我记录下了他们的名字：胡进、余忠美、张秋文、袁德建、殷和平、黄建徐、许俊建、林经伟、吕秀强、袁明地、黄国林……

也许，大桥落成时，没有人会记起他们的名字。

他们埋头苦干，无怨无求，他们内心纯挚，情感质朴。他们用双手默默为南沙铺设通往富裕和幸福的路和桥，将一生中最美好的时光交给了南沙。

午间的饭堂是热闹的，人声鼎沸，黑压压一片。热辣辣的饭菜，热烘烘的笑靥，热乎乎的人群，说话声、欢笑声、锅碗瓢盆的碰击声，分明在欢快地弹奏着一支支劳动后的欢乐奏鸣曲。人们围坐一起，无拘无束，边笑谈着某日某件趣事，边大口饭、大口菜地往嘴里送。头顶的大吊扇在呼呼转，欢快地搅动着人们的愉悦。

这时候，人们已经忘记了劳动的艰辛，或者，压根儿就没有在意这辛劳，汗水早已被劳动后的欢愉覆盖。苦中作乐苦亦甜是他们特有的品质，他们的感人之处也许就在于此！

我狼吞虎咽着，林经理不断客气地往我碗里夹肉，这顿饭特别香，特别有味道。

饭后，我独自在一排排整齐宁静的工棚间穿行，在工棚尽头，我又碰见了龙队长。他远远就认出了我，热情地邀我到他宿舍去。我爽快地答应了。

宿舍里没有人，石棉瓦下弥漫着闷热，蚊蝇四处追逐，一丝风也没有，四张高低床八个铺位全空着。龙队长说，为了赶工期，饭后他们都开工去了，如果不用加班，此刻会在这儿午休。说着他把风扇拧开，热风呼呼地吹起来，苍蝇蚊子被驱散开去。

龙队长告诉我，他干了8年路桥，全是在广东，在京珠高速路上就建过两座桥，还在顺德、中山、珠海等地修过路。广州白云机场高速公路环形立交竣工通车后，华南路桥公司就派他们来到这里。他说这里的生活条件还算是不错的。

说起老婆孩子，他显出一脸的欣慰，又忽而话锋一转，说，来广东打工妻子很支持，他觉得现在这工作很适合自己，虽然辛苦，但不能丢了责任心，特别是指挥龙门吊。他说只想做好本职工作，好好养家糊口。我问他将来有什么打算。他眉毛一扬，似乎有点诧异，说："将来？干路桥呗。国家到处在搞建设，不愁没活干的。"

龙队长要上工地了。从宿舍出来，头顶就是高大壮阔的新龙特大桥西引桥，阳光下，它宛如一柄银灰色的剑，有力地向东面的龙穴岛伸展而去。工地上机声隆隆，而我的身后，宿舍区一片宁静。

我见到高福全时，已是我第四次来到南沙。那天，他正在工地办公室一边指着墙上硕大的施工图，一边对着对讲机大声说话，不时拿笔在本子上记着什么，俨然一个将军在指挥一场硬仗。见我进来，他伸手示意我坐下。

我注视着眼前这位中等身材、皮肤黝黑、一口浓重四川腔、岁月的沧桑写满一脸的长者，我没有称他为"高部长"，而是叫他"老高"。也许是这称呼拉近了我们的距离，他的话匣子一下打开了。

老高在工地上南征北战几十年，毫不夸张地说，他一生修过的路桥比工地上许多年轻人走过的路还要多。虽然没有算过究竟建过多少路桥，但每条路桥的所在地以及桥名，他都印象深刻。而让他记忆最深的莫过于乌江洪桥。因为，那是他建的第一座桥，他从这座桥出发，开始了路桥建设的漫漫长路。

那一年老高刚结婚，为响应国家号召，他二话没说，告别父母和新婚妻子，背起铺盖就上了大桥工地，加入"备战备荒为人民"的行列。在乌江边，小夫妻依依惜别，老高紧握妻子双手，动情地说："等着我，等我把大桥修好，马上就回！"妻子默然，却已满眼泪光。眼前滔滔白浪滚滚东流，那一刻，颇有项羽虞姬乌江泪别的悲壮意味。那年，老高才21岁。

此一去，老高便踏上了38年风餐露宿、栉风沐雨的路桥建设生涯。

我曾不止一次地问工地上的人，为什么叫老高"老黄牛"？人们说，因为老高特能吃苦。我说，工地上谁不能吃苦？人们说，老高不同，他特别任劳任怨，工作特别认真细致，对人特别和蔼，做了分外的好事从来不张扬，而且，几十年如一日。

在新龙特大桥筑岛围堰的战役里,老高的职责特别重。诸如组织突击队、调度突击作业、衔接各作业队之间的工作、协调作业队和专业公司之间的事务。工地上 600 多号人,作业队、专业公司十几个,大小事情多如牛毛,老高都要管,都要过问,都要安排。他不分昼夜地泡在工地上。那阵子,人们都管他叫"铁牛",总是劝他注意身体,多点休息。老高却说:"大桥工程正在紧要关口,我是生产部部长,我不上,谁上?"

一个寒冬的凌晨,老高才躺下,忽然接报:拌和船进水,快要沉没!老高一骨碌从床上爬起,顾不上穿棉袄便奔向作业队住宿区。他调动人力,安排机械抢险,向经理部报告情况,亲临现场指挥作战。由于他及时得力地调动指挥,拌和船上的 100 多吨水泥和泵车等设备得以逃脱厄运。红日初升时,一晚没合眼的老高面带宽慰,又投入第二天的战斗。台风季节,南沙隔三岔五受风暴侵袭。抗风抢险,保护人员、设备安全,又成了老高的首要任务。他是突击队队长,带领一班人马,抢在风暴前组织疏散,人员、船只、设备、浮箱,一样不能少,新龙特大桥工地因此总是安然无恙。

在大桥工地上,无论大事小事,人们都习惯找老高。调配吊车、安排码头装卸、用交通船转移钻机,甚至连送汤送饭、头晕发烧,大家也第一时间想到老高。老高总是爽快地用对讲机应答,雷厉风行地去办。于是工人们用上吊机了,坐上船了,也吃上饭了,困难都迎刃而解。然而,老高并不是铁人,也会有累的时候。有时,他真想舒舒服服地睡上一会儿午觉啊,但只要对讲机一响,他马上又振作起来了。

人们爱用对讲机找老高，除了因为分内外的事他都办得妥帖，还因为喜欢他那长者般的和蔼和宽厚。不管遇到什么困难和问题，到了老高那儿，总会迎刃而解。对着对讲机，他不时来一句浓浓的四川腔：行！小伙子，没得问题，没有过不去的河！人们都说，在对讲机里和老高对答，简直就是一种乐趣。

我问老高："你一把年纪一天到晚在工地上风吹日晒、爬高摸低，就不怕有个病？"

老高说："嗨，惯了，就是因为风吹日晒、爬高摸低，才有我这棒棒的身子骨。"他笑着拍了拍胸脯："你让我闲下来，说不定还会搞出个什么病痛来呢！"老高有点幽默。

"家里人也能放心得下你吗？"

"当然放心！老婆在四川老家，几个孩子也全在路桥工地上，在上海那边，建东海大桥，那工地比这大呢。"老高微笑着，话里透出一种豪气。

几年前，老高和妻子一起把几个孩子陆续送上了路桥工地，重现了乌江一幕。二女儿还是个学路桥专业的大学生呢！现在孩子们都在工地上成了家，一个媳妇、两个女婿，三个家庭都在东海大桥工地上。他们都把自己的一生交给了祖国的路桥事业。

老高没有过多地渲染他送子女上工地的情景，但我从他淡淡的话语里，从他坚毅的眼神中窥见一种贯穿他一生的路桥之情。那是凝聚在一个普通农民家庭两代人心中的赤诚的路桥情结！

我问老高:"你们夫妻分居几十年,甚少享受到天伦之乐,你为什么能够干得下来呢?"

老高回答得实在而又简单,他说:"工人做工,农民种田,路桥工人干路桥。干路桥总不能在家门口干,走南闯北顶风冒雨烈日烤,这是必然的,天经地义的,哪有得说?"顿了顿,他又补充道:"从我入党那天起,就决定把一生都交付给路桥事业了,我不能像一般工人那样要求自己。"

老高的话说得那么不经意,那么平淡无奇。

在新龙特大桥工地,我曾问一位在主桥墩上施工的作业队队长:"在南沙,你觉得你们最苦和最乐的是什么?"这位年轻文雅的作业队队长扶了扶眼镜,略一思索,用一口四川腔的普通话对我说:"干路桥是苦,但要说最苦,那就是每次台风来临的时候。"他补充道:"我说的是心情,我们要赶在台风前把正在施工的机械拉回避风港,人也得马上离开。本来好端端地干着,说撤就撤,那种心情呀,别说了!"顿了顿,他忽然用一种特别的口吻说:"就好像战场上正向前冲的将士,突然接到命令往回撤,你说那心情是不是最痛苦的,最难受的?"

"那最乐呢?"我说。

"呵呵,"他笑了,"最乐,那当然是能有活干呀!"

在南沙采访的那些日子里,我常常问自己,人们对于苦与乐的理解为何有天壤之别?是一种什么样的力量在支撑着他们呢?

哦,我忽然明白了。在贾纪文那里,在高福全那里,在林祝明、龙耀文那里，在那些无怨无悔的普通劳动者那里，在他们默默地用双手为自己开创生活的朴实无华的品格里，不是已经有了很好的答案吗？他们不应该是南沙劳动勋章的获得者吗？他们不也是一群最可爱的人吗？

南沙一位负责招商引资的领导对我说，从广州城区直通珠江出海口龙穴岛的南部快线是一条通往世界的路。因为，龙穴岛上将建设东南亚最大的深水港、中国第二大造船基地和物流航运中心，庞大的仓储物流系统将连同香港现有的物流基地一起，将泛珠三角乃至内地市场推向世界，世界货物将从这里源源不断流入中国南部，广州的物流业将在这里与世界接轨，广州南沙将在这里垒起一个新的经济高地……

路在脚下节节延伸，桥在眼前巍巍飞架。南沙的路桥建设者们，他们是让广州走向世界的功臣！

美丽与智慧的交响

一

如果说,花城广州是一位亭亭玉立于南国的佳丽,那么广州新白云机场便是戴在这位佳丽头顶上的桂冠,南国佳丽因这顶桂冠而更加艳光四射,也因这顶桂冠而多了一分娇媚。而我说,广州新白云机场犹如一支优美绝伦的交响组曲,在南国上空缭绕不息,为花城奏响强劲的时代音符,总是那么扣人心弦……

当你驱车奔驰在油亮笔直的机场高速路上,那耸入云端的指挥塔台越来越远,你会陶醉于远处那片机场建筑群的美轮美奂,被眼前弹奏出的一曲美丽与智慧的交响曲所感动……当你悠然漫步在航站楼宽阔高大的玻璃幕墙下,举目远眺,从脚下呈放射状一直伸延到停机坪的登机指廊,阳光下如丝带的跑道,快速而又无声地融入苍穹的银鹰,朦胧依稀的远山绿野,让你胸襟豁然开朗,一种关于古代、现代和未来的梦幻般的空灵之音飘然耳际……当你在飞机上俯瞰机场，极富霸气的机场建筑群匍匐在大地之上，宛如一只伸展出大爪的巨蟹，与纵横交错的路网和不停穿梭其中的车流编织着一幅气势如虹的流动画卷，瞬间使你晕眩，让你又一次感受到花城奔放的时代强音，心中发出由衷的赞叹……

从一张图纸变成眼前一个真真实实的大型国际航空港口，从一座泡沫模型变成如今瑰丽壮观的建筑，内中所糅合的学识、胆量、经验、智慧绝不亚于在一片荒芜之上建造一个能满足人们衣食住行的城市……

二

这是整整一代人的飞翔梦想。

梦想缘起于1978年。那一年，广州市城市总体规划第14号方案第一次提出了迁建白云机场的动议，明确老机场飞行区不再扩建。1984年9月，动议得到国务院批复。新机场选址工作徘徊在整个20世纪80年代的漫漫长路上。其实，早在中央批复前，省内有关部门已经多次组织研究和现场踏勘，将新机场地点初步确定在广州北郊的钟落潭和番禺两地。但后来为什么会陷入有动议而无动作的被动局面？内中令人挠头的问题多且复杂。

20世纪90年代，在中国改革开放进入关键年头的大时代，困扰着广州人十多年的新机场建设终于迎来一抹曙光。1991年3月，广州市交委在报告中疾呼，新机场的选址、可行性研究等工作应列入广州市"八五"重大前期项目计划，并争取在"九五"时期动工。机场选址再度被提上重要议事日程。应该说，这是广州人的飞翔梦想中一个具有重大历史意义的转折点。

为何一个几乎被人们遗忘的梦想重又燃起希望之火？答案很简单，广州经济的发展无可避免地遭遇机场容量这个瓶颈的限制，而机场想要扩容却又受到城市发展中越来越多矛盾的制约。这一切不能不令广州人重新审时度势！

此时的旧白云机场早已陷入一片城市建筑的重围之中，这在全世界都极为罕见，飞行员每次驾机降落机场，总要打起十二分精神，既要瞄准唯一的一条跑道，又要注意盯紧周围民居的情况。飞行员们笑称，这比飞越百慕大三角更惊险。

一次，来广州参加广东国际顾问咨询会议的朗讯科技高级光网络集团总裁杰罗·巴特斯先生从机场坐车抵达白天鹅宾馆，下车后第一句话就是："广州要发展，首先要搞好交通。"——巴特斯遭遇了机场路大塞车。机场路蔚为壮观的塞车，让这位广东发展特邀顾问一到广州便发出了慨叹。的确，交通问题长期捆绑住白云机场发展的翅膀，更捆绑着广州城市发展的手脚。

搬迁"老白云"，重新规划建设一个现代化国际航空大港，这是广州走向国际化大都市进程中的必然，也是时代赋予这座城市的历史使命。

1997年12月，广州新白云机场定址广州北翼花都。从这时开始，梦想便开始在广州人的脑海中激越飞扬。

一场为实现飞翔梦想而展开的设计业界精英大比拼由此拉开帷幕。

三

1997年的冬天特别寒冷，但对于机场管理局修建处处长林运贤等人来说却是暖和的。由他主持起草的一系列机场规划招标方案甫出，即在全球规划设计业界掀起了阵阵浪花，在极短时间内便得到国内外多家顶级设计公司的热烈回应。规划设计工作头炮一响，意味着机场建设从此翻开历史新篇章。

新白云机场规划设计招标方案发布不到3个月，1998年的暖春将要过去时，七个闪烁着中外设计师智慧光芒的机场方案就已齐齐交到了机场管理局手上。

林运贤与管理局上下有一致的共识，他们十分清楚自己所面对的是国内外规划界赫赫有名的设计公司，评审委员会必须具有高度的专业权威，人员必须来自多个专业层面，讲求构成的合理性。在15人组成的评委会里，聚集着国内规划、建筑、设计界一流的专家、学者和各路业界精英，他们来自北京、上海、西安、广东、香港等地的各大名校。

在审阅应征方案的那些日子里，专家们无不沉浸在喜悦和激动中。沉甸甸的七个设计方案为广州描绘出七个气派不凡的机场。那上面的每一笔、每一画都凝注了设计师们的大智与精诚，抒发出设计师们对美与爱的追寻，燃烧着设计师们对这片土地火一样的热情。

在方案的字里图间，专家们不难窥见，设计师们之所以不约而同地将目光聚焦于这片土地，为这片土地抒写秀丽篇章，是因为这片热力四射的土地深深地吸引了他们，他们愿意为这片热土献上自己的智慧。

这的确是一片火热的土地。中国南部最为富饶发达的地区数珠三角，而广州处在珠三角的中心。这里地处太平洋西岸，南海之滨，毗邻东南亚，大型越洋客机从广州出发不用加油便可直飞世界各主要城市。独特的地缘优势，坚实的商贸基础，辽阔的经济腹地成就了她在神州大地的突出地位，这里具备了东南亚地区得天独厚的航空枢纽优势条件……这一切，无不折射出中国南部这个政治、经济、文化中心强劲而又可持续发展的宏伟态势。

四

1998年4月11日，15位专家郑重投下了决定新白云机场未来宏图的神圣一票。结果显示：荷兰机场咨询公司和英国福斯特及合伙人建筑事务所联合设计的方案居票数之首；而法国巴黎机场公司方案和美国派森斯公司与佳拿公司联合方案并列第二。

三个方案的公司在全球规划业界的地位都是显赫的，均有着半个世纪以上的丰富规划设计经验，而且足迹遍及全球，可谓功勋卓著，战绩彪炳。而近年它们进军中国，成绩也有目共睹。

当三个设计方案的立体图一起摆放在机场管理局会议大厅时，场面十分震撼。三座融合了当今东西方哲学思想、先进经验与理念、高超建筑艺术、浓郁商业意识和高质量运作技术的现代化中枢机场一下子在评审专家们心中立了起来。而令专家们惊讶的是，如此复杂的思想、理念、艺术、技术等元素竟在方案中融合得如此美妙和谐，以致让三个方案难分伯仲。

呈流线型的巨大银鹰状模型首先吸引了专家们的视线。这是荷、英公司的方案。

方案中，航站区、飞行区、货运区等形成一片壮美的空间。高效的中转流程、灵活的未来发展模式、优化的商务经营空间，使机场运行高效而又使用方便、造价低廉。方案中凸显的四个特点尤为瞩目：航站区的工艺流程合理，可分期实施；屋面为铝合金的航站楼呈球壳状拱形结构，线条优美，采用自然光；到港离港旅客可直达大厅，出入港的一切手续可在航站楼办好，轻轨可与航站楼地下通道交接；商业发展用地充足。高质量的流线设计是一切机场设计的基础，因为它影响到机场各个运行环节。方案尤其注重运作和商业，让专家们看到了清晰可靠的流线与商业面积的最佳平衡，也看到了建筑艺术、机场操作经验及现代技术所达到的高度配合。

法国的设计方案构思美妙而又动人，气势磅礴且富有浪漫情调，它被专家们公认是最漂亮的。

方案中的主体建筑航站楼宛如覆盖着花园，有着世界最大的屋顶。从空中俯瞰，其色彩的变换又像是一张向原野展开的巨大世界地图，它象征着广州的国际地位。这样别出心裁的画面曾经被它的设计者安德鲁认为是独一无二的。在航站区出入港的总体设计上，以极其明快简洁的方式，将人流的疏导和设施有机地结合在一起。上层停车场和航站楼之后是一片柔和起伏的场地，直达主要道路枢纽和高架公路。完全融入大自然的道路沿着机场的各功能设施向原野展开。建筑物的柔和轮廓，特别是掩映在带状灌木丛中的停车场进一步加强了整体的美感。而令人惊叹的是，向上盘旋的高速公路直达这座"世界之最"的屋顶，让不乘飞机的人也难忘自身这段令人振奋的梦幻旅程。从建筑的最高点上举目远眺，整个机场可以一览无遗，航站楼各条跑道、起降和停泊着的飞机以及停机坪尽收眼底。而在夜里，映入眼帘的又是一座流光溢彩的都市和旷野中闪亮的灯塔……

美国方案是合理、自然、大气而又实用的，这种东西方文化的融合似乎更切合当今东方人的审美追求。

在这个造型别致，被称为非常值得表彰的构思方案中，具有先进的双入口地面交通布局，机场内外各种交通工具，包括将来的轻轨捷运系统，与航站区的设置合理衔接；大片的中心商业发展空间和远卫星厅能在登机的服务上给予旅客最大的方便；飞机落地后需要航站楼设施提供的各种支持、旅客登机桥的设计、飞机预空调系统等，无不设计得妥帖而又精巧。机场的分期扩建发展、合理的步行距离、极佳的建筑艺术效果和形式，无不秉承了这个一贯为全球业界所青睐的设计工程大鳄的风格特点。各区域的设施均具有旅客使用方便舒适、安全性高、技术设备先进、投资合理等优点。在航站楼的各个设计要点上，该公司反复强调：我们航站楼的设计将适应任何最现代化的系统要求，要用发展的眼光看待不断发展的机场，充分考虑一期、二期工程和更长远的三期、四期工程。

三个设计方案闪烁着夺目的光华，让人爱不释手。但评审专家们认为，优秀不等于完美无瑕，其设计理念、思想、模式和可行性不等于就完全符合中国国情。按照多番切合实际的分析论证，各个方案均需要做出一定程度的修改。

林运贤意识到，他们将面临艰巨的挑战——方案的修改深化。而这个工作，谈判团不容易做。

第一个接触的当然是获票数最多的荷、英公司，但令林运贤等人无奈的是，这个曾一度受到评审专家们青睐的方案，在进一步的研究和讨论中，显露出一个致命死穴——至关重要的交通拥挤问题无法解决，加上分检建设不好实施，这个方案最后不得不被放弃。

而更令林运贤等人感到遗憾的是，虽然法国公司设计的方案外观气势磅礴、充满浪漫色彩和极富创意，但那条凌空越过航站楼顶与机场跑道平行的高速路，如在能见度低的恶劣天气下，容易被飞行员误当作飞机跑道而降机。林运贤心里清楚，这正是赫赫有名的设计师安德鲁引以为傲之处，方案气势恢宏、恍如梦境，这条横跨而过的高速路在其中起着不可或缺的作用。要他修改，他未必听得进意见。果然，多次与其协商无果，安德鲁还是坚持不肯对此做出修改。最终，中方谈判团唯有忍痛割爱。

当时，专家们从三个方案的总体布局、空侧机位布置、建筑造型、结构形式、施工技术等方面进行了综合比较，相比之下，觉得美国方案较为可取。中方与美国公司也多次协商，认为这个更趋于舒适、安全、合理的方案的模块式设计很灵活，具有巨大的调整空间。

1998年7月14日，是所有关注广州白云机场迁建的人们都不会忘怀的日子。这一天，前任中国民用航空总局局长刘剑锋向时任国务院副总理的吴邦国同志汇报了情况，提出选用美国方案。吴邦国同志表示，尊重民航方面的意见。

广州新白云机场设计方案就这样峰回路转，一锤定音。

五

方案一经敲定，与美国公司深入而艰苦的谈判工作随即开始。

是"集中式"还是"分散式"进行登机办票？前者的优点在于办票符合国内实际情况，而后者则适合多个航空公司运作。为此中美双方设计师进行了足足一个月的艰苦协商谈判，双方的理由都很合理且充分。设计方一再重申，这是经过实践检验的国际上行之有效的机场建设及管理经验。而中方则认为，先进经验还要具体结合一个国家和地区的实际情况，与实际相结合才有意义。中方一力坚持，而设计方也认定经验不会有错。经多轮磋商，中方提出过多种修改方案，最终美国设计师在不太情愿的情形下同意做出修改，双方采用了一个既符合国内实际又吸取国际经验的折中办法——集中与分散相结合的方式。

这种集中办票、分散登机、到港分散的模式，在后来的实际操作中，无论在旅客的步行距离长短、方便程度，或是快速疏导上都达到了理想的效果。

在接下来的深入谈判中，还有两项重大内容。一是旅客在航站楼办票、安检和登机，是平面还是换层来完成？经过观点的激烈交锋和反复磋商，最终双方一致把"以人为本"放在首要位置，而商铺的收益只好向后靠了。

二是设计中最具挑战性的难点——中转流程的设计。这是一个曾经让双方都感到异常棘手的问题。因为中国大陆幅员辽阔，中转流程也十分复杂。先不说高度科学和严谨的管理系统，单航班就够复杂，有国内航班、国际航班、国内转国际航班、国际航班国内段、国内航班国际段，其中的转、登机手续烦琐，也牵涉提取行李等问题。经过反复论证，最后采用了在机场两翼增设中转通道的巧妙设想。这一尽量简化流程时间和距离、充分方便旅客的中转设计，获得了中外专家们的一致首肯，被认为是在原基础上进行的一个十分出色的构想。

万事俱备，只欠东风。在若干个重大问题得到中美设计师一致意见的基础上，1999年2月，白云机场管理局正式委托美国派森斯公司和广东省建筑设计院共同承担航站楼的具体设计工作。

从白云机场迁建立项到正式委托设计，从草拟文本、开始投标到评审、谈判、修改方案,在这整整 18 个月的时间里,林运贤等一班机场管理局的同志们付出了局外人难以知晓的心血和精力。这期间,他们有过无数的惊喜和感动,也有过许许多多惆怅与无奈。这天,当他们踏上花都那一片已经开始沸腾的土地,望着远远近近穿梭往来运载建筑材料的汽车,夜里那一片亮如白昼的灯海,那挥汗如雨的工人们……眼前的热火朝天,与他们心中长久的夙愿,与昨天他们为之付出的所有辛劳在交织叠影……一代人的飞翔梦想正轰轰烈烈地走向现实,那一刻,他们——这群已将新机场建设视作自己生命一部分的人,眼眶里盈满了百感交集的泪水!

然而,他们知道,新机场的建设步伐才刚刚迈出,前面的路还很长……

六

2004 年 8 月 5 日凌晨 0 点 31 分,最后一架转场的南航飞机成功降落在新白云机场平整崭新的跑道上,飞机着陆的一瞬,宣告着新白云机场从此诞生。机场上下一片沸腾,俨然一片欢乐的海洋。

14 年的筹谋徘徊,5 年的选址规划,7 年的设计建设,整整 26 个年头的苦苦追寻,广州人翱翔天际的宏愿终于在 26 年后的这一天得以梦圆!

在最初的机场设计招标书中,林运贤等人就已非常明智地强调了机场设计的中长远规划,因为以广州为中心的华南经济发展相当迅猛，新白云机场必须与之相适应。事实也正是如此。新机场一期设计旅客吞吐量为2500万人次，当时估计到2010年达到这一规模，但至2003年白云机场吞吐量已达1500万人次，2004年预计将接近2000万人次。以此增长速度测算，2007年之前就会达到一期的设计水平。

当新白云机场在人们的欢呼声中横空出世时，一场勾画白云机场中长远发展宏图的二期工程战斗早已在半年前就打响了。二期扩建的战斗是静悄悄的，进出港的旅客完全没有觉察到新的艰巨的扩建工程正在自己眼皮底下进行着。

在方案中，新机场规划设计总体呈开放式模块结构，一方面可使现有的设施独立运营，而另一方面，在今后分期工程竣工后，各建筑之间可以配合使用。这种设计的灵活性和伸缩性，给机场今后的建设发展预留了巨大调整空间，也给中美设计师提供了一个尽情挥洒智慧的天地。这正是设计方案中的点睛之笔，也是新白云机场的精妙所在。

每当林运贤给人们描述机场的中长远规划前景，谈起机场的二、三、四期甚至更长远的工程建设，话语间总有一种按捺不住的激动。作为一名普通的建设者，他一直被身边每一位员工的艰苦创业精神深深感动；作为指挥者之一，他为所有建设团队的精诚合作深感欣慰，也为接续而来的战役充满信心。

新白云机场2030年的中长远期发展规划设计了8400万人次的旅客流量，预计建设5条跑道，两组并列一起一降，中间还有一条独立运行既起又降，第三条跑道的选址已确定；第二航站区也在此预留了空间；未来还可以航空公司为单位，随人流增长和实际需要调整集中或是分散办票、登机；到2010年，将实现2030年中长远期规划近50%的处理能力设想；而眼下，一幢独立的国际候机楼正紧张筹建当中；内地最大，在亚洲仅次于香港、世界排名第三的机场货运系统也在建设中，一期设计年吞吐量80万吨，远期规划则达250万吨；而随着美国联邦快递等国内外多家航空（货运）公司的落户，随着机场航站区、飞行区、货运区、机务维修区、配套设施区、空中管制区、周边交通系统等不断扩建发展，飞往国内外各大洲的中转航班将成倍增长，一个国内航空业界梦寐以求的中枢辐射式航线网络将渐渐显现出她的雏形……

　　美丽与智慧的交响是精妙绝伦的，每一个音符都因奔流着的智慧而出彩，每一个节拍都和谐而富有张力，音色、音域是那么澎湃宽广，震撼人心。而如今，第一乐章还在人们的惊叹声中余音袅袅，激越的第二乐章便又隆隆响起……

圆润双砾，城市的浪漫与激情

神奇传说，演绎美丽意象

相传，古时候，一个外国珠宝商人经海上来到南越国广州，在一户富裕人家，以 3000 元的价钱买下一块并不起眼的青石板中的一截。当玉工将青石板剖开，石中忽然霞光闪耀，一幅天然的山河浴日图赫然在目：上方群山叠翠，树木青葱；下方碧波荡漾，旭日初升。在场的人全都惊呆了。这是无价之宝啊！但人们悔之晚矣。外国商人取走宝石，急忙坐船回国。船走不远，突然巨浪翻滚，把船推回原处。第二次开航，仍是如此。第三次开航，眼看就要驶出江口，怒吼的波涛却将船打翻，连同珠宝沉到海底。原来，这宝石形同中国河山，南海天神屡次把它送回未果，只好将它沉于海底。第二天清晨，船只沉没处露出一块银光闪闪的巨大海石。此石后来被人们唤作海珠石，而日夜流经广州的这条江因此被称作珠江……

潮水千百年的冲刷荡涤，使海珠石成了珠江中的一块大礁石，俨然一座小岛，随着潮汐的变化而日夜沉浮于江面之上，银光闪烁，浑圆如珠。广州城的百姓将它视作镇城之宝。

2003年春暖花开时节，一名来自英国的女建筑师，受这个神秘美丽传说的感召，在这个故事的诞生地——古老的历史文化名城广州，用她的智慧之手、神来之思，把那块经珠江水潮千百年磨砺洗礼的神奇海珠石又一次捧奉给这座城市的人民。

这就是创作意念源自"珠江边的两块石头"的广州歌剧院设计方案。这个方案以其功能、形式与可行性三者俱佳而获得评审团的高度评价，从广州歌剧院建筑设计国际邀请赛9个参赛方案中脱颖而出，一举夺冠！

这个方案有一个很美丽的名字，叫"圆润双砾"。

这个方案源自一个很杰出的设计师，她叫扎哈·哈迪德。

"圆润双砾"立意于海珠石的传说。广州珠江新城远近鳞次栉比的高楼大厦，有如珠江水波涌浪叠。在此背景之上，一对被江水千年冲刷的"砾石"露出水面，静卧于动感十足的城市空间。起伏流畅的线条和令人生出无限遐想的砾石轮廓与珠水交相辉映，充满生命的活力与激情……该方案以超前的理念，突出的后现代性特征手法，将中国戏剧的"高音音阶"与西方歌剧浑厚的"中音音阶"融为一体，把主体建筑与环境景观有机关联，灰黑色调的双砾构成自然、粗野的原始造型，具有朴实的质感，与周边林立的现代都市景观形成鲜明的对比，又和谐地连接在一起，提升了城市的整体格局，构成了向水岸绿地的自然过渡……双砾的构思，是整个设计方案的核心元素，也是设计师哈迪德最为满意的地方。

有人说，无论哈迪德是否深究过石头与广州的渊源，总之她笔下的双砾石确实与一座从古老迈向现代的城市进行着一场独特而富有智慧的对话。

在双砾与广州城的对话里，肯定饱含了创作者以及热爱这座城市的人民的美妙梦想：在广州珠江新城上建立一个新的城市文化焦点——融城市历史、建筑艺术、现代城市景观为一体的文化焦点。

珠江浪打，"砾石"悄然浮现

文化焦点依托文化观念，文化观念的形成依托于经济的崛起，又在资本的积累中得以衍生、沉淀、提升和张扬。

十多年前，已走过改革开放十几个年头的广州，迎来经济的高速增长期。"八五"期间，广州GDP年均增长20.2%，是改革开放以来的最高增速，1993年更达到26.4%的历史高峰。这一年，《广州新城市中心区——珠江新城规划》出台，珠江新城成为政府规划的"广州新城市中心区"，这有如平地一声雷，开发商和专家均将此视为广州CBD（中央商务区）的代名词。当时政府的设想是，用5到10年时间，将珠江新城建设成为一个现代化金融商务中心。

然而，有谁想到，正是这个时期，广州人在为自己的发展后劲大伤脑筋。轻工业已呈没落态势，重工业曾是"鸡肋"，发展二产还是三产？广州工业应往何处去？有人提出"退二进三"，但不搞工业，服务业依附在哪里？广州已经错失两次发展良机：轻工业向广州以外的珠三角转移，珠三角专业镇的兴起把广州排除在外。"标致"汽车的教训不可谓不沉痛。广州经济要持续发展，要崛起，要腾飞，究竟依托什么？

广州人在思考。

这一时期，广州的社会经济、人民生活已经有了重大改善。但站在更高的层面看，这时期人们的生存状态大体还处于"从解决温饱到追求健康素质"的过程中。广州人的当务之急是什么？是要寻找出一条适合自己发展的道路，广州的经济列车要开上一条平稳的可持续发展轨道！在这种情形下，广州人的头脑有可能腾出更多的空间去思考一些在城市发展进程中经济建设之外的问题吗？诸如现代化大都市所应具备的文化建设高度、文化含量以至文化品位。

回答当然是含糊的。

终于，广州人在思索中警醒，奋力冲出了重围。盘活乙烯、再造汽车、提升造船、引进新型装备制造业，结果，庞大的重工业增速从 2001 年就超过了轻工业；致力发展的 IT 等新兴产业也狂飙突进；作为广州支柱产业的汽车工业，超越了国内多个老大哥，产销量高居全国第二；服务业因此有了依托而迅猛提升。广州人巧妙地将短板化作长项，与珠三角轻加工业为主的产业模式互补互动、成功"错位"……有一组"四级跳"数字颇能反映出广州的速度：

2002 年、2004 年、2005 年、2006 年，GDP 分别突破 3000 亿元、

4000亿元、5000亿元和6000亿元，仅次于上海、北京，名列全国第三；而"十五"期间的广州工业增长速度更实现了由量到质的飞跃，每年新增产值1000亿元，产值和利润年均增长幅度均超过50%。广州加快经济结构优化调整步伐，经济自主增长动力增强，逐步走出一条由"投资拉动为主"到"投资、消费共同拉动"的可持续发展新路。

广州，正以一种健康务实的姿态舒展她那青春勃发的翅膀！

"东进、北优、西联、南拓"，广州适时推出了她的城市发展战略。东翼挺进：地位领先的黄埔大港，顺应而生的闻名遐迩的广州开发区、萝岗新区，集合一批高科技明星企业的科学城，缔造出高新技术的产业群雏形，打造出先进制造业产业集群。北翼优化：华南空港龙头新白云机场，扬起临空经济风帆的同时，拉动花都的汽车、临港物流以及区域经济走向蓬勃。西翼联通：前景激动人心的广佛都市圈、"广佛经济区"正在迈出构建、磨合的步伐。南翼拓展：建设速度创奇迹的大学城，为实现教育强省加油提速；区位优势明显的鱼米之乡番禺，正成为人们创业、居住的热土；南沙开发区的造船、汽车、物流、机械制造及临港工业稳健上马，而新区的建立又让广州这座临江都市骤变为滨海新城，实现了广州人的梦……广州已定位清晰，她布局舒张、底气十足，她已经不是那个"最说不清楚的城市"，她正向华南的中心，向"带动全省、辐射华南、影响东南亚的现代化大都市"战略目标昂首迈进。

广州在蜕变，广州在崛起！

一种新的文化观念在蝶变和崛起中张扬。新的城市文化焦点在这种张扬中提升、放大，向世人展示她婀娜的身姿。

2003年春,《广东省建设文化大省规划纲要(2003—2010)》出台，明确提出，广州、深圳要适度超前，高起点规划，高标准建设一批标志性体育文化设施。同一时期，广州市政府延续和修正了10年前那个设想，向社会公布实施《珠江新城规划检讨》，正式提出"广州CBD"的概念，决定力争在2005年、2006年投入珠江新城核心区的建设。

这时的广州已非10年前的广州了，她不但要启动珠江新城的CBD计划，把其作为继20世纪90年代建立的天河城商圈、天河北中央商务区之后21世纪广州城市中央商务区的重要组成部分，更要向既定的"十五"文化规划目标挺进冲刺。

广州市"十五"文化规划的目标是什么？文化产业的年总收入要达到300亿元，使广州市的文化设施建设和文化产业发展水平进入国内大城市前列，并接近现代化大都市标准。此时，广州的宏图已定：大力拓展和不断完善广州的文化中心功能；提升现代化中心城市品位，树立海上丝绸之路文化、岭南特色文化、近代革命文化和当代改革开放形象，使之成为华南区域性文化艺术中心和国际文化交流中心。

由此，珠江新城核心区新城市中轴线两侧范围，便顺理成章进入广州的文化视野。广州歌剧院、广州市第二少年宫、广东省博物馆、广州图书馆以及广州电视观光塔、超高双子塔（西塔和东塔）

七大建筑构想由此横空出世！

在这个新的文化中心的蓝天下，广州人在构想着一幅现实主义与浪漫主义相结合的美丽图景，这图景标志着过去、现在和未来的广州形象，华南经济文化中心的缤纷色彩将得到尽情挥洒。尤其是广州歌剧院，将在刻画出岭南文化传统特征的同时，体现歌剧院建筑本来的功能，把象征要素与艺术造型含蓄自如而又出人意表地呈现出来。

于是，在这一年的春天，便有了世人瞩目的广州歌剧院建筑设计国际邀请赛；便有了美丽与智慧并重的九大方案；便有了评审、甄选出的三大方案——奥地利蓝天组事务所的"激情火焰"、英国设计师扎哈·哈迪德的"圆润双砾"和北京市建筑设计院的"贵妇面纱"；也便有了扎哈·哈迪德这位英伦解构主义杰出女建筑师首度踏足中国并初战告捷的传奇。而由此，更有了那一对在珠江汹涌澎湃的经济大潮背景下露出水面的"圆润双砾"。

文化硬件，检测文化激情

广州人为什么那么看重歌剧院的建设？

因为这座城市在迈向现代化的进程中，正遭遇一个文化状态和文化建设的高度问题；因为这座城市太需要渲染时代浓郁的文化氛围，太需要陶冶提升市民的文化素养，太需要凝练聚结一种城市的文化张力与厚度。

氛围、素养、张力、厚度点燃文化的激情。

在改革开放中引领全国风气之先并且先富起来的广州人，曾一度陷入困惑：有着2200多年历史的古城，近代中国"开眼看世界"的前沿，岭南文化的中心，自己生活着并引以为傲的这座城市，在20世纪八九十年代竟被人称为"文化沙漠"！

不是吗？在众多港台明星演唱会上，在一些档次不高的所谓大众流行文化娱乐节目中，观众表现疯狂，进场人数以万计，而对一些精品舞台剧目、交响乐、歌舞、芭蕾舞等高雅艺术演出，人们却反应平平，场面几近门可罗雀，有的甚至要靠赠票才能招揽、营造出人气。市场状况不妙而演出不多，并由此步入一种恶性循环。于是，为了扶持高雅艺术、民族艺术的演出市场，政府不惜一次次投入血本巨资，拯救市场危机，以推动创作以及演出繁荣，以营造一种"俗"和"雅""平衡发展"的市场演出局面，可谓用心良苦！究竟人们的情趣格调、文化品位、审美判断、艺术修养怎么了？有人回答：它正被一种市井化、平庸化的闲适情调侵蚀着、同化着、消融着。的确，广州与上海、北京等一些文化氛围厚重的城市相比，文化的品位差距很大，让人尴尬、惭愧，有自叹弗如的感觉。人们故此得出说法：这是一处富饶的文化沙漠。不足为怪！

不正常的现象还表现在，无论经济总量、经济发展速度还是人均收入水平都领先于全国的广州，她的文化消费水平却低于经济发展水平，甚至其增速远逊于经济增速！一组组统计数字让广州人汗颜：只以2002年为例，广州市城镇居民家庭人均文化消费支出占总支出的17.4%；广东是15.4%，只接近全国平均水平。广东的这一比重与湖北并列全国第13位，与人均文化消费额最高的城市北京相比，相差422元，低2.2个百分点。同时，比重提升也相对缓慢，从1995年到2002年，广东居民文化消费占消费性支出的比重只上升了6.3个百分点，而北京同一时期则上升了7.4个百分点，上海、山东、浙江等省市都上升了8个百分点以上，重庆、陕西、山西等省市提升幅度也高于广东。与北京、上海、江苏、浙江等文化发达地区相比，广东文化传统比较落后，文化氛围不够浓厚，这使人们的文化消费观念相对滞后。换句话说，南粤人更热衷于物质享受！

这就是差距！

广州人会甘于这种现状吗？回答绝对是："不！"

广州人要远离"沙漠"，要培育"雅"文化市场，要摆脱一种"文化窘境"！

世界上许多知名的历史学家、政治家和战略家都曾说，任何战略都必须立足于文化战略！广东省和广州市的政府官员近年也多次提出：做大文化产业是广东势必要做的两件大事之一；广州市要以文化论输赢！

随着中国加入WTO，广州申亚成功，国际跨国集团和知名企业对广州的未来和发展充满信心。国际资本初具规模，广州的经济越来越国际化，广州的国际文化交流变得日益频繁，文化艺术市场迎来了前所未有的机遇。这一切，为文化的氛围、素养、张力、厚度都提供了提升的条件。这一切，为"做大文化产业"，为"论输赢"奠定了更上一层楼的基石。这一切,在活跃着广州人的思路,在激励着广州人的决心,在加快着广州人摆脱窘境的步伐。

广州人强烈地意识到机不可失,必须拿出百倍的精力与毅力,像干经济一样干文化!

建设歌剧院,作为壮大广州文化事业与产业的一个特殊硬件,有利于增强广州的综合竞争力,整合文化资源,提升文化氛围及文化发展水平,决策本身就是一种高尚的文化追求。然而,她总是离不开演出市场。广州人十分明白自己的市场优势与劣势。广州有珠三角以至华南文化中心的地位,有丰富多彩的群众性文化活动的基础,有一向对外文化演出交流活动频繁活跃的先机,有整体策划、集中组织举办各种专业文艺演出的成功经验,有以精品剧目推动演出市场发育的无数次尝试。广东省统计局的一个数字让广州人眼前一亮,广东文化消费需求总量可达800亿到1200亿元,开发空间巨大!广州的文化消费其实有着庞大的市场容量和潜在的市场需求!

问题在于文化产业发展、硬件建设不足,问题在于人们文化消费观念滞后,问题在于如何引导人们超越自我,跟上时代步伐,开阔文化视野!

而要解决问题,必将掀动社会的各条神经,而且,须是潜移默化,必经日月沉淀。

譬如,要培育与现代化城市相称的演出市场,人们的文化消费观念必须转变、提升,这就需要进行长期的舆论引导、兴趣培养、素质教育、素养陶冶；需要壮大文化产业和文化事业的力量；需要扬起市场之手，提供多姿多彩的文化产品与服务的支持；需要提高文艺作品创作、引进和文化产品生产的质量；需要作品与产品自身的闪光能够打动人心；需要适应承载这一切的一流文化硬件、设施和技术、服务。广州人就像需要阳光、水分一样需要一种培养基——文化的土壤、环境、条件和气氛，这样才能完成观念、思想的超越。

这一切，广州准备好了吗？未来的广州歌剧院，未来的广州各种文化硬件，将以一种审视的姿态，检测这座城市的文化品质，拷问这座城市的浪漫与激情，检验这座城市的境界与精神！

聪慧而务实的广州人明白，前面要走的路很长，要做的事很多，而自己，需在蹒跚前行中思索，在不断思索中前行。就像广州的经济列车开上了可持续发展轨道一样，凭着一贯务实、开放、包容的品格，城市文化建设事业的新局面终将被打开。

放眼前望，风景那边雅致

四望世界城市的发展，广州人发现，不论古代还是现代，不论发达的还是发展中的，不论内陆还是沿海，凡是有品位的都市，都必定由文化来烘托，而这种烘托离不开她们的载体。这种载体就像一个大型的货物集散地——"文化集散地"，它在大力弘扬传播本土文化，积极接纳推广外来文化的同时，以自身的闪光承载着一个国家或一座城市的文化象征，在世界舞台上彰显出自己高雅的形象。

而歌剧院，这种汇聚现代建筑艺术与科学于一炉的文化载体，正是体现这种角色和形象的典型代表。

歌剧院，肩负的是展示和高扬一座城市乃至是一个国家、一个民族的杰出文化的重大使命！

正如被誉为"人类建筑史上的绝笔"的悉尼歌剧院，闻名遐迩的音乐圣殿维也纳歌剧院，历史悠久、典雅庄重的巴黎歌剧院，气势超群、誉满全球的纽约大都会歌剧院。也正如已掀开神秘面纱的、被形容为"湖上仙阁"的中国国家大剧院，用音符串织而成的水晶宫殿般的上海大剧院……

是的，关于历史，关于文化，关于建筑，关于艺术，关于城市情怀，关于国家、民族的独特精神……透过这扇窗户，放眼望去，风景那边雅致。

——形若洁白蚌壳，宛如出海风帆的悉尼歌剧院，矗立在悉尼港湾贝尼朗岬角。占地近2万平方米，建筑的最高点距海面60米，相当于20层高的大楼。门前的大台阶宽90米，由桃色花岗岩铺面，据说是当今世界上最大的室外台阶。主体建筑采用贝壳结构，由2194块每块重15.3吨的弯曲形混凝土预制件拼成10块贝形尖顶壳。音乐厅、歌剧厅连同贝尼朗餐厅建在巨型花岗岩基座上，各由4块巍峨的大壳顶组成，其中3块壳顶面海依抱，1块背海屹立，造型新颖奇特，宛如一组扬帆出海的船队，也像一枚枚屹立在海滩上的大贝壳，与周围的海上景色浑然一体，富有无限的诗意。每年，有数百万人出席在这里举行的各种活动，参观者更是络绎不绝。它已经成了悉尼的骄傲、澳大利亚的象征，并成为人类的一笔宝贵财富……

2003年，歌剧院设计者、享誉世界建筑界的丹麦著名设计师约恩·乌松获得"普利兹克建筑奖"，评委会在宣布其获奖时，称悉尼歌剧院是"20世纪最具标志性的建筑之一，是享誉全球、极具美感的作品。它不仅是一座城市的象征，而且是整个国家和整个大洋洲的代表"。乌松非凡的创造力"涵盖了人类历史许多文化的精髓，玛雅、中国、日本、伊斯兰文化以及他自己所属的斯堪的纳维亚文化等多种文明的痕迹都为他提供了创作灵感"。

——奥地利的维也纳国家歌剧院堪称"维也纳的灵魂"，是世界公认的第一流歌剧院。建于1860至1869年，从落成那一天起，它就是音乐圣殿的象征，被誉为"世界歌剧中心"。1945年，维也纳国家歌剧院曾毁于战火，重建工作持续了10个年头。

按原样重建的歌剧院是一座高大的方形罗马式建筑，仿照意大利文艺复兴时期大剧院的式样，全部采用意大利生产的浅黄色大理石修成。正面高大的门楼有5个拱形大门，楼上有5个拱形窗户，窗口上立着5尊歌剧女神的青铜像，分别代表歌剧中的英雄主义、戏剧、想象、艺术和爱情。门楼顶上，两边矗立着骑在天马上的戏剧之神的青铜像。门楼墙壁上绘着莫扎特的最后一部歌剧《魔笛》中的精彩场面，散发出庄重而神秘的古典之美。观众席共有6层，可容纳观众2200多人。在歌剧院每年300余场的演出中，包括了古典歌剧中的所有剧目。无论是歌剧还是芭蕾舞，歌剧院的节目没有一天是重复的。

在音乐之都维也纳，夏季的国际音乐节是美妙无比的。而到了冬季，维也纳又成了舞会的胜地。舞会中最令人瞩目的是起始于19世纪70年代的每年一度的"歌剧院舞会"，它已成为奥地利乃至欧洲的一个闪亮的品牌。

——法国巴黎歌剧院是世界上历史最悠久的歌剧院，它的前身是建于1671年的"皇家歌剧院"。17世纪中叶，意大利歌剧风靡欧洲，为与之抗衡，欧洲各国均致力发展本国的歌剧艺术。法国吸取了意大利歌剧的艺术经验，创造出具有本国特点的歌剧艺术，歌剧院也因此在国王路易十四的恩准下诞生。但之后命运多舛，在差不多两个世纪的时间里，歌剧院的名字频繁更换，经历了大火焚毁和辗转动迁。1861年，拿破仑三世从171个应募作品中选定了加尼叶设计的方案，歌剧院得以在废墟上重建，工程历时14年之久。

重建的巴黎歌剧院庄重典雅，富丽堂皇，拥有世界最大的舞台，2200个座位。每当演出，观众衣着整齐，风度翩翩，彬彬有礼。据说，这一习俗和风范源于拿破仑三世做出的规定：凡是来剧院欣赏歌剧的观众必须穿礼服，男子必须穿深色燕尾服，戴黑色领结；女士则要穿拖在身后长达数尺的长裙，否则不得入内。而如今，巴黎歌剧院已难发现有穿燕尾服和长裙的观众了，但那种对艺术和艺术家尊崇的风尚以及观众应有的修养道德，那浓浓的艺术氛围却一直延续了下来。这是巴黎歌剧院的骄傲，是法国人的精神所在。

而歌剧院金碧辉煌的门厅，布满巴洛克式雕塑、挂灯、绘画的四壁和廊柱，又仿佛把这个浪漫的民族带进了一个豪华的首饰盒。

有人说，这里装满了全世界的金银珠宝。歌剧院自创建以来已上演了600多部各种类型的歌剧，至今还占据着法国歌剧院的顶峰位置。

——1965年迁建于美国林肯艺术中心内的大都会歌剧院，是与维也纳国家歌剧院、伦敦科文特花园皇家歌剧院、米兰斯卡拉歌剧院齐名的世界四大顶级歌剧院之一。它的历史，可以追溯到意大利歌剧在美国独领风骚的19世纪中下叶。其建立和发展史，堪称是美国音乐、歌剧文化艺术在开放包容中诞生、发展的缩影。

歌剧院的建筑风格，融古典与现代于一体，装备极为科学、完善。观众大厅仍是传统的马蹄形，能容纳4077人。观众厅体积庞大无比，平均有24米高，5层楼座，分三面环绕，其中两侧的是浅楼座，二层是包厢。舞台不但面积大，而且满布着各种精巧复杂的机械装置。主台上装有7块升降台，两边侧台上的车台，可以分成小块单独运动，后舞台上有一个直径18米的转台，能开到主表演区上旋转。乐池也分为前后两块，可以上下升降。剧院的主台宽30米，深24.6米，高33米。布景设备相当先进。主台上有一个圆天幕，面积有2639平方米，从三面包围了表演区，这是德国式舞台的传统。现代化的外观、先进的科技与传统的马蹄形观众大厅的完美结合，加之其浓重的艺术氛围，让这座歌剧院魅力四射。到这里欣赏艺术表演被视为一种神圣的艺术朝拜。

近年来，大都会歌剧院发现了中国市场的巨大潜力，着力于让东方民族对西方歌剧产生兴趣。2006年9月，歌剧院联合中国爱乐乐团推出中国版《图兰朵》，剧院的中国籍签约歌唱家田浩江出任"国王"一角。2006年12月,由张艺谋导演、谭盾作曲的歌剧《秦始皇》也在这里闪亮登场,尽管这部作品毁誉参半,但也唤起了中国人对于歌剧,对于一座名城,对于那座已成为美国文化象征的艺术殿堂的关注。

镇城宝石,一颗艺术的宝珠

如今,珠江河畔,"流水冲刷过的两块漂亮的石头",在高高的脚手架的巨大作用之下,在隆隆的建筑机械声中,在建设者们的热汗浸润中,正在成形,正承载着设计者和千万广州人民的美丽梦想,一天天"圆润壮实"起来。羊城暖冬的阳光下,傲岸已显,雄姿初现。

广州歌剧院,形如在一座平缓的山丘上放置的大小不同的两块石头。"大石头"为大剧场,伏卧在西北面,"小石头"是多功能剧场,并排于北侧。呈西北高东南低、向珠江和中心轴线开放的布局。歌剧院总占地面积4.2万余平方米,总建筑面积7.1万平方米,建筑总高度为43米,地上7层,地下4层。大剧院、多功能剧场是歌剧院的核心部分。大型的歌剧、舞剧、交响乐、综合文艺表演等演出是其核心的主要功能,同时兼顾文化艺术交流、研究、展示和培训。

"大石头"作为大剧场,拥有1800个观众席。既能同时容纳四管制交响乐团和120人合唱队,也能适应钢琴独奏音乐会的演出要求。内设各种功能房、录音棚及艺术展览厅。而为呼应自然、粗犷的建筑形象,前厅以及休息厅借助大面积的玻璃墙膜与室外景观内外连接交融,成为城市空间的延续,形成功能交织、景观渗透的动态效果,营造出一种演出前的艺术氛围。

"小石头"是400座的多功能剧场,适合小型音乐会、话剧、曲艺、新闻发布会、实验性电子音乐和多媒体音乐剧场的演出。同时也适合室内乐、独唱音乐会、艺术歌曲、弦乐四重奏、时装表演、大型会议、学术交流等一些学术性的内部演出,并可作为"黑匣子"实验剧场。

"双砾"之外的"草坡",从景观角度看,是山丘的重要组成部分,又利用草坡下的空间建设部分公共配套设施用房,并成为大、小"石头"与城市公共空间之间有机联系的过渡元素。位于"双砾"与"山丘"之间的首层部分为架空层,与相邻的水面和草坡共同构成一个可供开展文化艺术活动的开放空间。地下室东侧与珠江新城地下空间直接连通,观众可由此直接进入剧场。

海珠石,羊城古都的镇城之宝,明代时已成为羊城八景之一,名曰"珠江晴澜"。晴朗的蓝天之下,站在海珠石上举目四顾,只见宽阔的珠水烟波浩渺,滔滔波涛绕过脚下的海珠石,澎湃而来,汹涌而去。月复一月,年复一年,而海珠石却亘古未变……《海珠寺》诗云:"南海骊龙不爱珠,水心擎出夜明孤。云流上下天浮动,月浸空濛地有无……"水心擎出的海珠石朝朝生辉,夜夜流光,千百年来,云流月浸,容颜未改,浮于江心之上,成了羊城的镇城宝石。

千百年后的今天,海珠石依旧。那云流月浸的砾石只是圆润了。而自然、粗犷、雄伟的双砾将静静地伏卧于珠江河畔,继续流光溢彩。这颗广州的"镇城之宝"将摇身成为一颗明艳瑰丽的艺术宝珠!

技与艺交融的音符

一个充满生机的舞台

有人说，广州的建筑设计业是一个开放、巨大而又充满诱惑和生机的舞台。当代世界所有杰出城市设计师的目光无时不在注视着这个舞台，随时准备粉墨登场、大显身手——用自己手上美妙的笔为这座城市描金镶银！

这话不假。

不是吗？当你轻轻翻动近年上规模的广州城市设计建筑档案，眼前仿如掠过道道缤纷丽影，你会被你手上的文字和图景所撼动：这座中国南部的魅力之城，她对先进技术和优秀设计作品是何等渴求，她的设计市场大门正向全球不同民族、不同肤色的业界精英们敞开着。啊！这就是我们生活着的城市，开放、务实、包容的广州！

从1998年为承办"九运会"，完善体育场馆设施配套开始，广州就扣响了设计方案国际征集竞赛的发令枪,首次举办了"广州新体育馆国际邀请建筑设计竞赛"和"广东奥林匹克体育中心国际邀请建筑设计竞赛"。而之后,随着广州经济的快速增长,城市建设的步调加快,如雨后春笋一般,各种高规格的建筑国际设计(咨询)、城市规划国际邀请赛相继开锣,响彻这片热土上空。专门发布这类竞赛信息的广州市规划局"规划在线"网站,受到全球设计机构的高度重视,成为世界各大专业网站转载的热门,各种建筑国际设计竞赛信息从这里播向世界——广州新白云国际机场航站楼建筑设计,广州国际会展中心建筑设计,广州珠江口地区城市设计,广州南沙地区整体城市设计与重要节点城市设计,广州歌剧院建筑设计,广州开发区城市建设总体发展规划及中心区城市设计,广州电视观光塔建筑设计,广州大学城中心区城市设计,广州白云国际会议中心建筑设计,广州铁路新客运站地区概念规划……

每一次国际设计赛事,无疑都是一次全球规划界的群英会,都是一次检阅美的技艺的丰盛大餐。关于建筑,关于艺术,关于美学,关于一座城市的人文与历史,关于人类伟大的智慧与科学技术……这一切被糅合成一种浓烈的气息,弥漫涌动在作品展览大厅里,浸润渗透在每一部参赛作品中,美得令人窒息。

阅读着这些参赛作品,你会有步入圣殿的感觉,你会为人类技术与艺术的深度交融而深深感动,你会为这座城市蓬勃的朝气与活力而激动、惊叹!

如今,广州国际会展中心、广州白云国际会议中心等已傲立在这片热土上，成为这座城市的标志性建筑。广州电视观光塔、广州歌剧院等也正向她的理想目标"进发"。而回顾一下现实中的雄伟建筑当初在设计大师们笔下时的情景，无疑是一桩美事。

暖风，从珠江边吹来

1999年冬，广州国际会展中心建筑设计国际邀请赛落下帷幕。此次竞赛共邀请了国内外11家具有丰富的相关工程设计经验和相应设计资质的建筑设计机构参加，其中国内5家，国外7家。经过严谨的专家评审和公示，日本株式会社佐藤提供的"珠江来风"作品，一举夺冠。

这一设计方案紧扣"珠江来风"主题，突出地表现了"飘"的建筑个性。象征珠江的暖风吹过大地，使会展中心这个高科技和现代文化的载体飘然落在广州珠江南岸，赋予了静态建筑"飘"的形式美感，暗示了商品科技的动态发展与流变，从而使建筑具有了"非建筑"的多重含义。这种理念，与广东奥林匹克体育中心的设计有些相似。

其时，专家们较一致认为，这是一个建筑艺术与技术高度融汇的作品，具有鲜明的时代特征。她那跌宕起伏、回转灵动的外观将一座40万平方米的巨构处理得轻盈、飘逸，极具音乐美感。

立体图上，从高处俯瞰，会展中心犹如一朵白云在江畔飘动；而从东侧观之，又似一条畅游在珠江南岸的鱼，鱼头朝南，动感十足。设计建筑自北向南渐高，呈流线型，不但体现出"飘"的动态意念和风格，更与周边环境十分协调。屋顶的设计尤为脱俗，十几块弧形的顶盖呈波浪式飘然浮动，与琶洲地形和流动的珠江和谐合一。银色的屋顶宛如珠江波涛涌动，可以想象，蓝天、白云、建筑，与远远近近的绿水青山，都仿佛在眼前飘逸，整座建筑物与大自然融为一体,贯穿了云山珠水的广州景观特色。在技术设计上，这条"飘游的鱼"还创下两项世界纪录：单体展馆面积世界最大，钢横架跨度世界最长。整个设计方案，堪称是一部设计师锐意让建筑成为艺术的令人激动的杰出作品。从她夺冠那天起，赞叹声就不绝于耳：这又将是一座屹立在珠江边上的让广州人引以为豪的标志性建筑！

仙女，如何"落籍"羊城

诞生于2004年盛夏并最终一锤定音名为"广州新气象"的广州电视观光塔建筑设计方案，是从中国、美国、英国、奥地利、德国、法国、加拿大、新西兰、日本等国的建筑设计师提供的13个作品中脱颖而出的。当初赛事于"规划在线"上公布时，就吸引了全球50多家机构报名参赛。然而，这与该年度相继进行的广州珠江新城西塔建筑设计国际邀请赛有70多家机构报名、广州图书馆新馆国际邀请建筑设计赛有88家机构报名相比，是小巫见大巫了。报名参赛机构的数量呈直线上升的态势,是广州举行的国际竞赛(咨询)活动越来越受到世界关注和认可的有力证明。该竞赛组织者从最大特色。

3号方案是法国AS建筑工作室的作品。方案希望提供一个可以作为现代化标志、符合广州城市尺度的电视塔，能够通过其空间质感打动人，在成为一道新的城市风景线的同时，更成为一个自然的标志。其设计塔高为588米。

双层金属网与混凝土核心筒形成电视塔主体，通过特殊的灯光设置形成多变的视觉效果；塔南侧的城市广场与"悬挂"于塔下部21米处、集观光与商业于一体的"悬空花园"形成两个广场，内部空间通过"光孔"和"绿色表皮"向外部空间开放；结构设计采用钢筋混凝土筒体结构加斜拉钢索，这将使电视塔拥有优美的外形。

11号方案是德国莱沃文建筑事务所的作品。水平塔体的主题是"创世纪公园"。竖立的高塔中则分5个主题区域，从下至上分别为：人类、城市（广州）、国家（中国）、世界（地球）、宇宙。城市广场则以"金、木、水、火、土"五行分段。天线底端标高509米，顶端标高664米。

该方案具有较强的视觉冲击力，闪亮、明快、一气呵成，模糊了"塔""建筑""广场"的区别。结构为钢外筒加钢筋混凝土内筒。

在3个方案进一步深化和完善的过程中，市民踊跃投票。4号方案颇受关注，多数市民认为其设计新潮、现代化，能够体现广州的现代化大都市气势；3号方案并未受到太多青睐，原因是很多人认为"横空出世"的绿化平台不实用，而且与近600米高的塔不太协调；而11号方案因其方方正正的造型，大概符合了中国人传统报名者中挑选出了10多家机构参赛。

从广州电视观光塔竞赛开始,投票过程已从以往的一轮投票转变为三轮投票。在13个方案中,第一轮选出6个,第二轮选出4个,第三轮选定3个优胜方案。它们分别是名为"广州新气象"的4号方案,名为"空中花园"的3号方案,名为"创世纪公园"的11号方案。而此前市民呼声甚高的1号方案"千米塔"、13号方案"木棉花塔"均与三甲擦肩而过。

4号方案是英国奥雅纳公司的作品。设计方案以"广州新气象"为主题。电视塔耸立于珠江南岸,有形象俊朗、直插云霄的气势。其造型源自滚滚东流的珠江河水,寓意水流的力量将塔腰扭转,幻化生成。相对于塔的底部和顶部,塔身有"纤纤细腰",体态生动,仿如风姿绰约的仙女轻扭腰肢。其造型将建筑、结构、美学等多学科融为一体,形成了一个纤细、挺拔、镂空、开放的外形。设计主塔体高为454米,天线桅杆为156米。

塔内设计了一组由热带到北极不同主题的世界气候区花园,不同楼层的功能分布根据其所在的气候区命名。其中地面为城市建设展览馆;95米高处为沙漠三维电影院;195米高处为草原花园;290米高处为热带快餐厅;345米高处为温带区,设有独立卡拉OK房间;350米高处为温带区贵宾酒店;390米高处为冻土地带豪华餐厅;450米高处为北极广场。塔体在不同角度呈现不同面貌,弱化了传统的塔基、塔身和塔顶的三段式处理手法;随着高度的升高,塔体横截面呈直径先逐渐减小后逐渐增大的椭圆形。这是该方案的认可的"大方为美",获得较高票数。

而专家们则认为,电视塔作为标志物比作为"塔"的影响力更为深远,它应是结构、形式与功能的完美结合。塔的内部功能配置应是合理的、有效益的;塔的形象应具有鲜明的个性,能够符合广州的气质与时代精神,且不应与一般建筑雷同;塔的高度不应是标志性的唯一追求。

最终,4号方案"广州新气象"中选。它是3个入围方案中设计建筑高度最低的。专家们认为,4号方案的设计建筑高度虽在众多方案中并不突出,但整体设计出色,与广州特色最为契合。作为广州的标志性建筑之一,它一方面能充分体现电视塔的建设需求,另一方面适当的高度也有助于控制造价,避免建设过程中投资"水涨船高"而突破预算。方案选定后,广州市建委等有关建设单位与设计公司就深化方案进行了新一轮的磋商。

"山中之城",受云山青睐

2005年7月,德国、西班牙、比利时和中国等11家国际国内知名机构的建筑设计师携着他们的得意之作,在广州城市规划馆及"规划在线"网站上正式向世人公示。他们中的任何一个方案,都有可能摇身变成未来的白云国际会议中心。此次展出的内容以建筑设计模型和设计图片为主,人们不仅可以从多个角度来欣赏参赛作品,还可通过视频了解建筑设计大师的设计构思,感受设计方案的视觉效果。这种新的展示形式比以往前进了一大步。参加展示的11个方案，在风格和功能方面都各有特色，被认为是一次灵感聚集的盛会。

11个方案，洋洋大观，每个方案都将各自的主题冠以漂亮的名字：方案1为"山中之城"，方案2为"星月梦幻"，方案3为"众山峰汇"，方案4为"展翅大鹏"，方案5为"云深人家"，方案6为"流动U形"，方案7为"云形花园"，方案8为"众星捧月"，方案9为"绿色中心"，方案10为"相聚广州"，方案11为"紫气东来"。专家认为，参与评选的这11个方案都是欧美风格极强的现代主义风格作品。

对于会议中心如何与白云山、白云新城巧妙融合在一起，不少方案提出了有创意的"点子"。如方案1用四条上千米长的生态廊道，东连白云山、大金钟水库，西连白云新城中央广场，市民可以在这廊道上步行览景；方案8提出用轻轨的方式连接会议中心、酒店和鸣泉居等，也是相当具有创意的构想。而方案11则建议，将会议中心前面七八百米长的白云大道改建成下沉式通道，其上方用于建广场，以便为会议中心开辟一个直面大金钟水库的开阔性广场，这一创意也颇具气势。

在其后的两轮评审中，评出了3个优胜方案：1号"山中之城"、6号"流动U形"和11号"紫气东来"。而"山中之城"在两轮评审中均获第一名。多数专家认为，相比之下，"山中之城"最好地诠释了和谐生态的理念。

随后，广州市政府常务会议通过了白云国际会议中心的中标方案为1号方案，此时，距离宣布3个优胜方案不过半个月，这是广州市近两年来敲定大型项目中标方案最快的一次。该工程将要在同年10月开建。

"山中之城"由比利时BURO Ⅱ与中信华南（集团）建筑设计院联合完成。独特的东西走向"视觉通廊"设计，是该方案最为突出的特点。通廊使人们在新城中，随处可以远观白云山上的自然风光。该设计让白云新城的居民隔着会议中心仍可以看到白云山，体现了设计者"以人为本"的设计理念。东西走向的廊道还为会议中心用自然风降温提供了条件。而为了创造白云新城与白云山生态公园之间的有效联系，设计师提出两点设想：一是把西侧规划的机场东路快速交通下沉，形成地下隧道，在地面上只保留慢速交通，如行人、自行车道；二是把现有与体育馆对望的云溪生态公园继续向北扩展，直至大金钟水库周边，并从会议中心西面的公共广场引出四道生态廊道，跨越现有的白云大道，使生态公园与会议中心、白云新城连接起来，形成完整的绿色城市公园。

该方案的节能环保功能也比较突出。5座建筑物和景观廊道南北平行布置，有两大好处：一是有效地减少直射阳光对室内的影响，二是使广州地区的夏季主导风东南风通过景观廊道进入建筑物内，剖面设计进一步加强了自然通风。

如果说世界建筑设计业界的精英们正以他们的激情与智慧为这座城市奏响一支雄浑的世纪之曲，那么，这一座座拔地而起的宏伟建筑,就是曲中那一个个扣人心弦的音符。

是的,灵动跳跃的音符演绎出一曲曲美妙的乐章。美妙的乐章,正在广州上空回荡旋绕……

广芭,舞动中国芭蕾之梦

梦之困顿

20世纪初一个阳光明媚的春日,紫禁城慈宁宫内,已老态龙钟的慈禧太后与几个贴身的臣僚丫鬟,以一种惊讶不安的目光,注视着殿中央一个刚从国外回来、名字叫裕容龄的姑娘。姑娘穿着一双特制的红舞鞋,红绫打成蝴蝶结,在红彤彤的地毯上,正竖起她的足尖,纯熟而热烈地旋转着、舞动着,跳着一种深宫里从未见过的舞蹈——来自西方贵族宫廷的芭蕾舞就是这样第一次出现在国人面前,现身在中国皇家的深宫大院之内。

三分之一个世纪后,14岁的戴爱莲,带着一个少女玫瑰色的梦远赴英伦,向世界芭蕾舞大师安东·道林求学芭蕾。后来,她成为中国三个芭蕾先驱者之一。1950年,戴爱莲与丁宁在北京领衔出演欧阳予倩的中国第一部芭蕾舞剧《和平鸽》,不幸惨遭滑铁卢。

当时国人对芭蕾舞的评价是："大腿满天飞，工农兵受不了。"尽管如此，戴爱莲还是被后来的中国舞坛称为当代本国伟大的舞蹈家。

中华人民共和国成立5周年之际，北京舞蹈学校成立了。几部世界经典芭蕾舞剧在京盛演，国人第一次领略了乌兰诺娃的卓绝风姿。《天鹅湖》首次在京演出时，很多人都去观看了演出。然而，芭蕾的服饰最终还是引起了种种非议。芭蕾之梦在这个有着几千年封建传统的国度，随着这出舞剧的落幕而归于沉寂。

艺术终究是伟大的。正如罗兰所说："高雅的艺术常会有宗教上的效果，给人带来灵性上的提升和精神上的引领，慰藉在俗世奔忙的枯竭灵魂。"20世纪50年代，包括芭蕾艺术在内的苏联文化艺术对中国有着毋庸置疑的巨大影响，中国舞台上照样出现了蓝色的《天鹅湖》、红色的《巴黎圣母院》和白色的《葛蓓莉娅》……一次次地给正在世俗奔忙中的中国人带来灵性上的提升和精神上的引领。由是，国人惊异地看到：1958年夏，北京舞蹈学校在京成功排演欧洲古典芭蕾舞剧《天鹅湖》，1959年12月，我国第一个专业芭蕾舞团——北京舞蹈学校实验芭蕾舞团（中央芭蕾舞团前身）创立；1960年，上海舞蹈学校成立，上海芭蕾舞团随之诞生；广东、沈阳、四川等也相继成立了自己的舞蹈学校。中国芭蕾之梦，在一大批热心的苏联人民演员、功勋演员的带领下开始编织，开始描金画彩。

梦中的《天鹅湖》，飞出了一只世人瞩目的中国"白天鹅"——白淑湘。她的腾飞，昭示着中国芭蕾之梦已越过樊篱向艺术的蓝天翱翔。

梦里还有自由勇敢的《海侠》，还有浪漫悲情的《吉赛尔》。

而真正值得中国人自豪的是，1961年从苏联求学回国的蒋祖慧和王希贤开始编织由中国人自己排演舞剧的新梦。他们相继排演出《西班牙女儿》《泪泉》和《巴黎圣母院》，这三出舞剧的成功排演，标志着中国芭蕾已经完全脱离了外国专家的襁褓！而1964年和1965年由中芭、上芭分别创作的两台大型芭蕾舞剧《红色娘子军》和《白毛女》，更像照亮芭蕾星空的耀眼星辰，剧中弥漫的鲜明民族风格和艺术特征让世界舞坛为之刮目。这两出舞剧，让冉冉上升中的中国芭蕾在世界芭蕾艺术殿堂里拥有了一席之位。

20世纪50年代末，自梁伦创办广东舞蹈学校以来，南粤这块热土上的舞者，便像《红菱艳》中穿上红舞鞋狂跳不止的少女一样，芭蕾之梦就没有一刻息止过。

20世纪70年代末，梁伦等人不止一次向省文化厅、省委宣传部写报告、做预算，在省、市政协会议上交提案、提建议。建团一事被提上政府议事日程。但按照当时估算，建一个芭蕾舞团，至少需要200万元。200万啊，这在当年绝不是个小数目！

时任广州市委书记的杨尚昆亲自接见了梁伦，对他说："你的建议很好，但现在广州市经济上有困难，还要上缴中央十个亿，因此芭团不能办了，就拨款给舞协买一台录像机吧。"梁伦颇感失望，但市长话语恳切，又令他十分感动。芭蕾之梦，只有寄望于未来了！

此时期，风景却那边独好。1980年，辽宁芭蕾舞团成立；1992年，天津芭蕾舞团问世；中芭、上芭继续在排演世界古典芭蕾经典，创作富有中国本土民族特色的芭蕾舞作品……然而，广州的芭蕾之梦，仍在困顿。

难道，广州人就甘于让梦想继续困顿下去吗？

梦之成真

1993年春，广州市市长办公室中，沙发上坐着一个高挑清秀的女子。市长黎子流正以他一贯的爽朗热情与面前这位女子谈论着什么。

女子名叫张丹丹，是广州籍的中央芭蕾舞团著名演员。此刻，她脸上还带着征尘，略显疲惫。为圆广州芭蕾之梦，她从北京来，才下火车，甚至还来不及放下简单的行李，就直奔市政府来了。

张丹丹此次南来，是与黎市长有约在先的。不久前，她从录像中看到家乡歌舞团的20名学员在北京舞蹈学院代培期间组成"广州班"实习演出《天鹅湖》第二幕的情景，新秀们良好的素质与优美的舞姿令她亢奋不已，大大触动了她的神经：对呀，以她们为基础，我们广州可以办团！

于是，她毅然执笔，直接给市长写信，慷慨陈词。她在信中说，30多年前周总理就曾提议在广州搞一个芭蕾舞团，这也是广东新老舞蹈家们的夙愿。眼下，广州不仅需要流行音乐，更需要高雅艺术。去冬今春，中外7个芭蕾舞晚会接连在广州上演，中芭携《红色娘子军》南来献演，均大受欢迎，甚至还掀起过一股年轻人跳足尖舞的热潮,说明了日渐富裕的广州人的文化观念在悄悄改变,芭蕾艺术在广州有着生长的土壤。

张丹丹回忆,在日本千叶县演出时,当地人极力挽留她,说:"张小姐你留下来吧,把我们的芭蕾舞团和芭蕾学校一起负责起来,把你的丈夫也接过来。"张丹丹笑笑,答道:"我在祖国有很多事情要做呢!"

深圳想组团,政府开出的条件优厚,愿意提供深圳大剧院作基地,想把她拉去牵头;大连也盼建团,想把她请去做领头羊,都被她婉言谢绝了。国内地方组团她都不愿去,她会留在那个小小的日本千叶县吗?她心系的,是故乡那片热土,她想要圆的,是广州的芭蕾之梦!

眼前这个有着骨感美的激情洋溢的芭蕾舞蹈家是值得信赖的。而黎市长考虑问题的角度更为高远:高层次艺术、高品位文化对促进广州对外开放,推动文化艺术繁荣和精神文明建设,提高、扩大广州在国内外的地位与影响力,都有着不可忽视的作用,是广州迈向现代化所必备的。

市长快人快语,他对张丹丹说:"广州正在提出向国际大都市进军的口号,建一个芭蕾舞团是件大好事,我十分支持。"随后,市长询问张丹丹有什么需要帮助,还提出"以商养文、以文促商、亦商亦文"的建团养团大计。

从市长办公室出来,张丹丹抬头看见大院内高高的红棉树,红彤彤的木棉花正在怒放。啊,南国春来早,家乡的木棉红了!她忽然有了一个预感,家乡的芭蕾之花,经过两代人的辛勤浇灌,一定会像这满眼的红棉花一样盛开的。

在后来的日子里,时任市委常委、市委宣传部长的朱小丹和副市长姚蓉宾也分别接见了张丹丹,对她的提议十分赞同。这令她无比振奋,更坚定了她回广州建团的决心。

梦想将要成真,张丹丹踌躇满志。自这次南下回京后,一有演出空档,她便张罗建团的事。她曾8次往返于京穗之间,与舞蹈界的专家、老师们反复论证,与未来的主管单位广州市文化局的有关领导一再磋商、草拟方案。奔波劳累,自筹旅资,在所不辞……张丹丹后来说:"舞台永远像梦一样吸引着我,但如果让我选择是当演员还是团长的话,我选择后者,因为只有这样才能实现自己多年的梦想——为一门心思跳芭蕾的演员们营造一个美好的绿洲。"

在上下求索之中,张丹丹始终在考虑一个问题:应以怎样的机制组建广州芭蕾舞团?她想,中国职业的典型特征就是一纸工作证定终身,广芭不能再走"终身制"的老路!

当时,国内芭蕾舞人才向国外流失严重,其状已令圈内外人士无比担忧。为什么人才会轻易流走?因为社会已走向市场经济,而剧团还是老调高弹,还是大锅饭那一套,水不活,人不灵,待遇低下,人心怎会不思变呢!芭蕾舞演员在排练、演出中的体能消耗堪与体操、排球等体力型运动员相比,可他们的营养费却低得可怜。据报道,中芭1994年之前每月才给9元,后来才调至近百元。一位两次获国际大奖的男演员赵明华就曾因体力消耗大、营养跟不上,演出时晕倒在舞台侧。这位不错的演员后来去了美国，而中芭流走的出色演员绝不止他一人。20世纪80年代后期"转会"到国外、效力于国外舞团的演员共有160人之多！据说最严峻时，团里6对主要演员，走得只剩下一对半，而补上的5个新人后来又走了3个。我国流失的芭蕾舞演员，足可以建成一个优秀的芭蕾舞团！90年代初中国有12亿人口，全国的芭蕾舞演员却不足300人。在这不足300人的队伍中演主角的还不到10对，然而这支弱小得不能再弱小的队伍还在不断地被削弱、被消耗！要知道，芭蕾是用金子堆出来的艺术，培养一个芭蕾舞演员，其耗资相当于培养3个飞行员啊！中国芭蕾已极度贫血了，她在无力地哭泣！

凡是有点民族自尊心，有点责任心、事业心的中国舞者，都会为此感到痛心疾首，张丹丹也如是。

打掉剧团固有的铁饭碗，按市场规律办事，实行团长责任制下的全员聘任制，演员不通过文化系统调派，向全国甚至向国外公开招聘，建立能进能出的人才流动循环机制，不论资排辈，更不能人浮于事，普通演员月薪2000元，主要演员月资可达5000元以上。建立一种经营意识和市场运营机制，未来的广芭不应该是一般意义上的"事业单位"，而应是一个"社团法人"，是靠不断地"出售"艺术产品来维持运转的特殊企业。是企业，就要走入市场，并且立于不败之地。

这种胆识，在20世纪90年代初的中国文艺团体中绝无仅有，张丹丹是第一个吃螃蟹的人。

张丹丹淡淡地说,好吧,就当"始作俑者"吧。为能留住人才,为广州能成为一块让演员们尽情施展才华的沃土,为了让爱跳舞的人走到一起来,为了向国际一流芭蕾舞团进军。

与这种模式相互动的是广州市政府的大力支持。1993年8月,广州市政府毅然决定,3年投资8000万元,兴建广州芭蕾舞团以及团址配套设施,并按照广芭的年预算下拨经费,以期造就一个与广州未来城市发展目标相一致的芭蕾舞团。市政府同时还决定,将该团作为广州市专业艺术团体综合改革的试点单位。

以高艺术性、高效益、高薪金吸引并留住人才,以政府的支持为支柱,以社会的资助为帮扶,以剧团的机制创新为发展原动力,决意在体制上走出一条新路的广州芭蕾舞团,即将挂牌,芭蕾梦想将成真。日子,定在1994年的春天。

春天,那是一个生机勃勃的季节啊,一切美好都会从春天开始。

梦之甘苦

广州将以新模式建团的消息一经传出,即引来了一场不大不小的"骚动"。

1993年之前,国企、事业、机关单位之间的人员流动,还需要"商调",即经双方单位同意,人员才可调动。广州要新组建一个芭蕾舞团,主要演员从哪里来?必然要从现成的团体里"拿来"。国家文化部党组为是否放人问题专门讨论过两次。会上,有人义正词严:

目前人才奇缺，芭蕾舞人才不能流入"市场"，广芭并不具备成立的条件！有人忧心忡忡：全国的芭蕾舞演员仅290人，能胜任主角的不过20多人，你这样一弄，肥水都流到你田里去了，人家还怎么活嘛！也有人反驳：演员可以出国，却不能在国内流动，这岂不是天大笑话？

讨论还在上面持续，下面的"台柱"却已经松动了。国家一级演员王才军已有意南下；资深教员吴振蓉已决计加盟；德高望重的原中芭团长李承祥，也有南来发挥余热的打算……

中芭、上芭也早已盯上北京舞蹈学院即将毕业的"广州班"，此时听闻广州要建团，也跃跃欲试要"瓜分"这群未来的广芭新秀。不抓住机会，建团愿望就可能变成泡影！而张丹丹本人此时也面临一个诱惑：中芭决定排演大型舞剧《杨贵妃》，有人愿投资200万元，剧团已内定她任主角。到北方赴任？回南方建团？张丹丹确实考虑过一阵子。当然，很快，她义无反顾地选择了后者。

其时，张丹丹也不无忧虑。她说，广芭这棵幼苗能不能健康成长，现在还很难说，它实在太脆弱了。但她坚持认为，广芭的路子没走错。张丹丹在中芭十几年，几乎主演过这个中国"皇家芭蕾舞团"的所有保留剧目，她深深知道舞台对于演员的重要性。是的，许多演员是冲着广芭的高待遇、新机制而来，但他们就是想来跳舞。而广芭能给予他们的，是一个和谐、宽松的艺术环境，让他们的才华能在舞台上尽情展露。

正如芭蕾源于意大利，兴盛于法国，鼎盛于俄国，最终从俄国走向世界各地，出现在中国的皇宫内一样，一切东西，该来的还是要来。

1994年春，在中国舞坛的一片喧嚷声中，广芭如期高扬起了她那面鲜艳的旗帜。旗下，如愿集结了国内外一批优秀专家和人才。他们有来自中芭的一级演员万祺武、主要演员邹罡，上芭的主要演员武朝晖、倪怡华，辽芭的主要演员佟树声、刘爽；有来自俄罗斯芭蕾舞团的叶卡特尼娜·斯布尼切夫丝卡娅、费迪南·费格尔曼；还有来自日本芭蕾舞团的石野宽子等。而法国著名芭蕾舞编导安德烈·普罗科夫斯基、著名布景及服装设计亚历山大·华斯列夫，俄罗斯彼得堡古典芭蕾舞教练苏列曼·西勃加托维奇等多名专家则短期受聘于广芭。

起步的日子是艰辛的。因为"广州班"的学员们还在北京深造，广芭还未能在本地"筑巢"，只能在外地运转，"寄居"于北京西郊紫竹院旁，条件的艰苦可想而知。但广芭人掂量出肩头上的重量，铁定每3个月出一台节目。

早春二月，京城还是寒气逼人，演员们就依约而来，首度同台磨合。90个日夜拼搏，拿出的第一台有分量的节目中，有古典芭蕾《天鹅湖》第二幕，有现代芭蕾《生命之祭》，有热情奔放的俄罗斯舞《林中空地》，也有规整严谨的芭蕾组舞《巴希塔》。紧接着，是赶排"芭蕾精品晚会"，6月要赴成都、重庆、武汉三地登台小试牛刀。以团长张丹丹为首的领导，身先士卒，废寝忘食，全团上下同甘共苦，一丝不苟，每天坚持排练七八个小时。而凯旋后又马不停蹄，立即投入紧张备战——排三幕喜剧《葛蓓莉娅》，他们将与"芭蕾精品晚会"一起，在10月的广州解放45周年纪念晚会、"羊城艺术博览月"上首度亮相家乡……

最让剧团头痛的是，寒假来临，学院人走楼空，停止供暖，演员无法练功。他们只能选择南下巡演。而此时正值春运，60人的队伍，170件共数10吨重的演出物资，在非常时期运出京绝非易事。就别奢望买到同一趟车的卧铺票了，人员得分批上路。办理货运更是艰辛，铁路对演出物资虽说优先，但此时月台上待运的货物堆积如山，人人都争先，不盯紧就别指望装车，只能昼夜不睡不吃，待将全部物资分几趟车装上，才敢开路……春节南下巡回演出20多天，全团的吃、住、行，付每场几千元的租金，费用实在不菲，全得由团里自筹。在演出首站武汉，原本信誓旦旦的赞助商临阵退缩，给剧团带来巨大压力。面前华山一条路，只有齐心协力迎着困难上！广芭人最后以高质量的演出赢得了观众的赞赏，获取了新的赞助，减少了亏空……

1995年5月，广芭人终于回到"娘家"，但团址还在筹建中，只能再一次"寄居"他处——在广州北郊龙洞广州工人疗养院租房子暂且安身。这里没有饭堂，每天练功8小时后，演员们还要拖着疲惫的身躯去做饭；排练场里没有厕所，他们排练时只能忍着口渴不喝水。人们更想象不到，舞台上英俊潇洒的渥伦斯基（《安娜·卡列尼娜》中的男主人公），晚上在租住的农民房子里还要对付"汪汪"叫的狗。

虽说广芭每年有千万元的经费,但她是一个以现代化意识运作、目标成为国际一流的高雅艺术团体,这笔钱仍显不足,广芭还必须艰苦奋斗,勤俭持家。

市领导特批给广芭两套周转房,团长首先想到的是演员。邹罡、万祺武、武朝晖立即给安排进去了,团长自己仍住办公室。排大型芭蕾舞剧《安娜·卡列尼娜》时,大家都领到了任务,自己动手制作道具、粘贴布景、缝制服饰,哪些是分内事、哪些是分外事都分不清了,团部俨然成了大作坊。为带领剧团攻克大型剧目难关,给青年演员作示范,已挂靴一年半的张丹丹决定重返舞台主演安娜。舒缓了的肌腱一下又重新拉回极限,这实在是一件痛苦的事。于是,皮瘀肌胀,筋痛趾破,新伤旧患一齐向她袭来,体重从117斤一下降到82斤。她硬是拿出了常人不易拿得出的毅力和干劲,带领全团,仅用两个月的时间便把《安娜·卡列尼娜》"拼"将出来。要知道,排如此高难度的长剧,俄罗斯芭蕾舞团须用4个月,香港芭蕾舞团也要用3个月!《葛蓓莉娅》《安娜·卡列尼娜》《天鹅湖》等大型舞剧,就是这样在两年多时间内排演出来的。

"回家"9个月后,广芭重返北京,将大型芭蕾舞剧《安娜·卡列尼娜》呈献给首都人民。观后,媒体这样评价:"广芭让人看到了中国芭蕾的希望!""是充满活力的舞台阵容和矢志不渝的追求精神打动了观众!"舞协主席白淑湘更是在中国舞协为广芭举行的专题座谈会上发出由衷的感慨:"是新的机制造就了一帮这么可爱的孩子!"

梦之锤炼

为了艺术，20世纪最伟大的芭蕾舞女演员，被誉为"不朽的天鹅"的巴甫洛娃在弥留之际留给这个世界的最后一句话是："准备好我的天鹅裙！"

为了艺术，20世纪最杰出的芭蕾舞大师乌兰诺娃年近九旬还要每天早晨练一遍功。

为了艺术，同样是20世纪，最年轻而又最富激情的广州芭蕾舞团喊出一个响亮的口号："爱跳舞的人到这儿来！"

口号是朴实无华的。然而，对于愿意将自己的生命献给芭蕾艺术事业的舞者来说，却比珍珠还要金贵和难得——在这个极富穿透力和亲和力的口号感召下，广芭人仿佛像少女吉赛尔一样，在幽灵女王米尔达的魔杖下不停地舞着、舞着——而比吉赛尔幸运的是，广芭人热爱的正是跳舞！

短短十余年，广芭人在中国芭蕾舞坛上舞出了一片耀眼的华彩，已拥有了《葛蓓莉娅》《天鹅湖》《罗密欧与朱丽叶》《吉赛尔》《胡桃夹子》《舞姬》《堂吉诃德》《灰姑娘》等十多部大型古典保留芭蕾舞剧目，形成了严谨、规范的表演风格；先后排演了国外当代编舞家的优秀作品《安娜·卡列尼娜》《茶花女》，音乐交响芭蕾《拉赫玛尼诺夫第二钢琴协奏曲》《青春协奏曲》，展示出芭蕾艺术盎然的生命力和丰富多样的风格；同时又创编演出了民族芭蕾舞剧《兰花花》《玄凤》《梅兰芳》《图兰朵》以及民族交响芭蕾《黄河》《梁山伯与祝英台》和巴兰钦作品《辉煌的快板》《主题与变奏》，彰显出独树一帜的艺术风格和旺盛的创作激情。

广芭人坚持每年创作二至三个剧目，短短十余年，怀中已捧有15个大型舞剧，近50个中型剧目。佟树声、傅姝、孙欣、邹罡、朝乐蒙、王志伟等一批优秀演员正朝气蓬勃地走向成熟，从1994年至2006年，个人、集体在国际、国家、省、市获得超过100个各种奖项，引起国内外芭坛的广泛瞩目。

广芭在十余年间，走完了别人要走数十年的路！

每年，广芭都会从市政府获得一部分拨款用作"人头费"，再加100万元的创作基金。然而，广芭排的所有大型剧目哪一部成本不超过100万元？大部分创作演出费用从哪儿来？得到社会上向企业求取赞助！政府的拨款可以保证广芭起码的运转，但广芭不养懒人，她必须发展，要发展就不能坐等，必须走向市场，主动出击，自筹发展资金，寻找社会力量支持。从《葛蓓莉娅》到《安娜·卡列尼娜》，从《茶花女》到《巴赫塔》，从《母狼》到《梁祝》……就是这样靠广芭人坚定不移的精神与汗水浇灌出来的。从中，广芭人尝到了"以商养文、以文促商、亦商亦文"的甜头。从粤、珠三角，到海南、长沙、武汉、温州、上海、北京，广芭每年都必须北上南下，走东闯西。在取得企业援助后，专款专用，排出受市场欢迎的作品，然后拿着这些"王牌"又去寻求、开拓市场，培养自己的观众，如此获得一种良性循环。多年来，在国内众多歌舞团难以"吃饱"，甚至演一场亏一场的情形下，广芭能在市场上闯出一片天，有人说，这是"奇迹"。

人们说，这就是"广芭模式"这棵葡萄树结下的甜甜的葡萄。

团长张丹丹说："和一些老团相比，我们没有老本可吃，唯有脚踏实地地干，抓艺术质量的同时，不断地排演新剧目。"

创作民族芭蕾舞剧，可以说是广芭创作的生命线。广芭人认为，一个舞团，首先要继承世界古典芭蕾，这是一个对芭蕾文化的认知过程，是形成自己风格的基石。而一个舞团必须要有自己的文化追求，这个梦就要通过民族芭蕾去实现。古典芭蕾虽好，但终究是人家的遗产，任何一个民族都不可能只从外国作品中得到精神满足，最能打动中国观众的还是我们几千年积淀下来的情感。所以，在古典芭蕾的基础上开拓自己民族的东西，并通过芭蕾这种形式把我们的民族文化传播到世界各地，这是广芭人所追求的终极目标，也是广芭人的精神依托。

这种精神力量促使广芭人风风火火、义无反顾地去干了。《兰花花》《洛神》《玄凤》《梅兰芳》《黄河》《梁祝》……一部接一部，年轻的广芭不但满足了观众，还引导了观众，走在了观众前头。实践证明，这些本土民族题材的芭蕾佳作，深得国内同行、观众的称道，赢得了市场，并且走出国门，获得了国外专家和观众的赞赏。

在为《玄凤》召开的研讨会上，广东省舞蹈家协会名誉主席梁伦说，《玄凤》是一部具有中国风格的芭蕾舞剧，广芭走的这条路是正确的。

原广州军区战士歌舞团团长查烈说,《玄凤》是继《红色娘子军》和《白毛女》后,中国民族芭蕾舞的又一出具有现实意义的力作。

从建团那天起,广芭人就树立了一个"安身立命"的建团观——纳八方人才,育芭蕾精英。

有人曾问张丹丹:"今天的广芭人才济济,你是如何网罗这些人才的?"

张丹丹如是说:"我想他们都知道我原是怎么走过来的,怎么做事的,所以刚开始我说服这些人集合在广芭旗下做事的时候,他们都知道张丹丹是一个敢说敢干的人,是一个有责任心的人,或者说是一个爱事业如命的人,这些可能得到了他们的认可吧。但是,他们都有自己的需求,像谋生、出名等。他们想要什么,解决了他们的问题对这个团、这个事业有什么作用,这些我是很清醒的。所以,他们还是很尊重我的。有些离开广芭的人也说:'这些年我们在广芭得到的东西,在别的团、别的学校或许得不到。'"

然而,在艺术的家族里,芭蕾算得上是一门最"残酷"的艺术。因此,没有一种"残酷"的管理是不行的。在广芭,每年都要进行演员业务考核,都有人晋升,有人被淘汰,就像大浪淘沙。这样做虽然"残酷",却保证了艺术质量。所以人们都说这里没有懒人,因为不管你来自哪里,技术不过关,都只能"跑龙套"。

在广芭,当演员是最受宠的。那些专业搞音响、灯光、绘景的,都是毕业于北京广播学院、中央戏剧学院、中央美术学院的高才生。然而,他们的工资,与年龄比自己小得多的舞蹈演员相比,却是低的。但是，演员要是失职了、失误了，扣罚也是最厉害的。这样的做法当然会让一些人觉得不适应。"有的演员觉得吃不了这份苦，受不了这份罪，所以就走了。当然也有一些人要回来，对愿意回来的演员，我是非常欢迎的。"张丹丹如是说。

芭蕾毕竟是一门西方艺术，而不是本土的国粹文化，要想跳好谈何容易？因此广芭决策层一直重视"走出去，请进来"，将国际的艺术交流视作育人的第一要务。这些年来，剧团到过德国、英国、法国、瑞士、芬兰、西班牙、俄罗斯、美国、古巴、加拿大、澳大利亚、秘鲁、菲律宾、日本、韩国、蒙古国、新加坡等国家和地区交流访问，从未间断过聘请国内外知名的导师、编导、演员到团里来授课、编排节目，还将佟树声、朝乐蒙等主要演员送出国去——佟树声受聘于美国辛辛那提芭蕾舞团，朝乐蒙受聘于美国西方芭蕾舞团。这一切，是务求将国外的艺术作风、职业气质、职业道德、芭蕾文化内涵引进到团里来，熏陶演员，变成集体的东西，构成广芭事业的延续，让广芭早日与世界接轨。

锤炼，磨砺；磨砺，锤炼……在中国芭坛，在世界芭坛，广芭已经舞起一个五彩的梦，舞动一个中国的梦，用他们的足尖，用他们身体，用他们的心灵。

梦之力量

广芭人从足尖的不断旋转中悟出了一个真理：艺术，是一卷浮世绘，浓浓淡淡的丝弦墨迹，一笔一笔描画着历史的真实。艺术是感情，是爱，是真实，是自然，是美，是性格。艺术能够使生命多姿多彩，充满生机，是使生命高尚起来的必要元素。

如果将人生比作一幅画，那么，没有艺术的人生只是黑白线条的素描。没有艺术的人生如此，那么，没有市场的艺术呢？广芭人更加明白，那是可怕的，艺术将会成为无源之水，艺术的一切美好都将成为空话。

拿起自己的高雅产品往市场里挤，在市场上树立自己的品牌标签。广芭人是这样想的，也是这样做的。

2002年12月末，北京大雪，寒气袭人。广芭一干人马，披风戴雪，手携《梅兰芳》《图兰朵》和百老汇版《胡桃夹子》大举晋京了，他们要凭这三台新创大戏在北京轮番"轰炸"8天。

这三台舞剧风格迥异。《梅兰芳》通过虞姬、杨玉环、赵艳容、穆桂英四旦角浓墨重彩地勾勒出梅兰芳让人叹为观止的京剧人生；《图兰朵》是广芭特邀法国著名芭蕾舞编导安德烈·普罗科夫斯基改编的，讲述了古代中国皇宫内一个如泣如诉的爱情故事；而《胡桃夹子》则是一个具有浓厚大众文化气息的"给观众提供一个单纯的娱乐方式"的作品。

其时，北京的芭蕾演出市场情势颇为"严峻"。坐享中国芭蕾体系"盟主"地位的中芭,仰仗地利人和、宝刀不老的架势,正演罢《大红灯笼高高挂》、中国版《胡桃夹子》和《葛蓓莉娅》。这三部作品均有其市场卖点,一部是由著名电影导演张艺谋担纲的首部大制作;一部是看似荒唐,将西方东正教的圣诞节改成中国春节的反传统作品;一部是以滑稽木偶为主题,具有浓郁喜剧成分的欧洲浪漫主义经典。

而此时又正值新年来临,上芭、辽芭也早已盯住北京,元旦前后大军将要杀到,一番强攻硬拼恰似箭在弦上。上芭要携给人以"海派"美感的《梁山伯与祝英台》攻城,辽芭则凭一出江南女子舞蹈的灵秀与古典芭蕾之优雅相结合的《二泉映月》拔寨,双双意欲在这块"中国芭蕾的策源地"上分一杯羹。

按理,因为人地两生,广芭没有中芭那种近水楼台先得月的市场先机,也恐怕有与中芭几部深受欢迎的大戏"撞车"的忌讳,加之拦腰撞上上芭、辽芭晋京前大规模的宣传攻势,广芭人此时入京抢市场有点冒险。

然而,广芭人清楚自己手上执的几张是什么牌。《梅兰芳》唱的是地道的京腔京韵,《图兰朵》演绎的故事足可引发皇城根人无尽的话题与联想;《胡桃夹子》瞄准的是当今北京人享受洋节日的文化心态。三部剧都以京城为核心做文章,迎合如今北京观众的文化心理和审美需求。显然,这是广芭人对北京年底的演出市场作过充分了解比较,经过一番仔细斟酌审度后得出的市场谋略。

广芭人说,没有市场,就照方抓药,步步为营抢市场!团长张丹丹说，年底北京市场最热，我们就是要用最新鲜精彩的剧目，给观众最深刻猛烈的冲击，然后返身就走，留下更多回味的时间和空间让人们去思考、去比较。

　　的确，北京观众到剧场了，思考了，比较了。那一段时间，北京的媒体把《梅兰芳》与《大红灯笼高高挂》这两出风格截然不同的舞剧的"对碰"，视为第一回合；把《图兰朵》与中国版《胡桃夹子》的"博弈"，看作第二回合；将广芭百老汇版《胡桃夹子》与中芭的《葛蓓莉娅》这两部娱乐性极强的作品的"较量"，比喻为第三回合。三个回合下来，场面一时颇为热闹。而这一役，市场给广芭的惊喜不仅仅是经济效益，它再一次给广芭人一个答案：针对特殊的受众群，将自己的艺术作品作为市场推广的一个目标和手段，契合市场需求重新进行艺术创作定位，这种战略决策是对的！

　　有人曾担忧，中国芭蕾舞团之间的竞争会造成"几败俱伤"。然而，市场实践的结果再一次告诉广芭人，也告诉了中国的舞者，芭团逐鹿市场，带来的是中国芭蕾的进步。竞争的受益人不单是芭团本身，更大的受益者是芭蕾艺术和中国的广大观众。

　　芭蕾之梦是美丽的。广芭充满了力量，中国芭蕾充满了力量。

梦之寄语

广芭总是与春天结缘。

2005年春，广州市深化文化体制改革，广芭划归广州大学管理。

这是广芭历经 11 年创业、发展、壮大后的一个新开端。

回眸十年，成绩斐然。成绩面前，广芭人力戒骄躁，适时调整着自己的心态。他们不再认为芭蕾舞是高高在上的贵族艺术，而是认识到她只是众多艺术品种中的一种，是全世界百姓喜欢的艺术。

广芭人说，不是吗？美国芭蕾发展之初就是由大篷车拉着演员们四处演出，接着才慢慢有了学校、社会的支持。认识到这一点，好多实际的事情就要去做——人毕竟活在现实中，我们现在要做的事情就是做铺路石。

广芭人说，回望走过的路，一个声音在呼唤：在创作、演出上要走"专家路线"——编、排、演一线上，坚持以名家、大家为核心；创作要走独创经典的路，形成品牌战略，寻求企业合作，切合市场需求，加强经营意识。这样才能生存，才能发展。

这是广芭人回眸十年，从内心发出的经验之谈。

2005 年春天开始，广芭又步入了一个新的繁花盛开的季节，复排了《天鹅湖》《胡桃夹子》《梅兰芳》《吉赛尔》《舞姬》等大型芭蕾舞剧；复排了芭蕾精品《黄河》《梁山伯与祝英台》《巴赫塔》《穿越永恒的黑暗》等节目。根据市场需求，适时推出了大型芭蕾舞剧《灰姑娘》，上演后反响奇佳，取得了相当好的票房收益和社会效益。同时，乘胜再推出芭蕾精品《主题与变奏》《柴可夫斯基》《深秋》《圆的极点》；与法国方面合作排演世界经典芭蕾舞剧《拿波里》第三幕选段和法国经典浪漫主义芭蕾舞剧《仙女》；创作排演了大型芭蕾舞剧《梦红楼》——这是继《梅兰芳》后又一部充满想象力和创作精神的民族芭蕾舞剧。该剧一经推出，市场反应热烈。在一批剧、节目获奖的同时，王志伟、盛世东、成萱等一批青年演员脱颖而出。而张丹丹、朝乐蒙、佟树声等老演员也再获殊荣。

一直以来，广芭高擎文化使者旗帜，以民族芭蕾和现代芭蕾剧目为载体，用足尖完美地诠释出西方古典芭蕾与东方民族风情糅合的神韵。广芭出访了加拿大、芬兰、俄罗斯、英国等国家，一如既往在世界范围内舞动中国芭蕾之梦。人们惊喜地看到，这些闪耀东方民族之光的中国芭蕾，既赢得了芭蕾故乡观众的赞赏，又得到了多个演出巨头的青睐，其中就包括了俄罗斯大剧院前总经理和英国剧院演出经理。他们就2008年商演项目与广芭达成合作意向。这些国际文化互动，促成了广州大学与国外院校之间的交流，为日后进一步合作开辟了道路。

然而，广芭人是务实的，是勤于思考的。鲜花与掌声过后，当喝彩的人们离去，当大幕落下，剧场归于沉寂，面对空荡荡的舞台，广芭人陷入了深深的思考……

当前芭蕾舞创作和演出的根本障碍是什么？在于资金投入的严重不足，这已是不争的事实。艺术体制改革可以让芭蕾舞走出象牙塔，迈向市场，但眼下若把票房指标与创作和演出投入作比较，就能轻易看出问题。难道"繁荣"只是表象？短期"市场"行为的实质又是什么？

如果说这是一个表象，芭蕾舞者、经营者们为了证明自身存在的价值，证明芭蕾舞的市场需求，不惜动用各种资源去支撑这种表象，使芭蕾争相推出"轰动"新作，动辄一掷千金地攀比超豪华制作，那么，这会是一种什么局面？这岂不是与慢工出细活锤炼精品的艺术规律相左？不计回报地投入血本是不是一种反市场行为？

如果说这种急功近利是反市场行为的话，那么，培养扶持表演和创作人才这一长远的根本性问题，怎么解决？怎么才能不让人才流失？

如果没有这种"繁荣"与"市场"，那么，舞团如何维持？又如何解决赖以生存的工资、医药费、物业管理费……当然也包括了下一个新剧目的创作费和制作费？

……

这是一连串广芭如何生存、发展，中国芭蕾如何生存、发展的深层次问题，这又是一些解决当今芭蕾出路的最基本、常识性的问题。也许，这些问题已经离开了芭蕾舞本身。

张丹丹呼吁：我们的芭蕾舞理论研究家们，研究探讨这一芭蕾舞之外的问题，是否有助于芭蕾舞走出挣扎求生存的境地，迈上可持续发展之路呢？

答案显然是肯定的。

2007年10月16日，广芭人再度飞越太平洋，到美国多个城市巡演。他们携着自己创作的民族芭蕾舞剧《梅兰芳》《黄河》《梁山伯与祝英台》，怀揣传播中国文化的崇高使命，也带着一种为芭蕾之梦而求索的深沉思考……

辑四　老城外话

珠江潮涌赤子情

面前坐着的这位老人,精神矍铄,脸上的皱纹纵横交织,如一道道生命的河流,激扬着岁月沧桑的波浪。老人不但健硕而且健谈,从身处异国抗日、抗英的烽烟岁月,到回归故土参加祖国建设的人生历练,听来令人肃然起敬。窗外徐徐吹来湾区江岸湿润的风,弥漫着阵阵香蕉与甘蔗的清甜。老人用一口地道的粤语述说着他不一般的经历,眼里闪烁着炯炯的光芒。如烟往事,仿佛从历史深处从容地向我走来。

老人的名字叫邝常。

斗争岁月

邝常 1929 年农历九月出生在马来亚吡叻州(今马来西亚霹雳州)。他是在父母从广州番禺漂洋过海 6 年后降生到这片土地上的。

12岁那年，辍学的他和姐姐一起参加了抗日儿童团，积极响应陈嘉庚在南洋成立支援祖国抗日的筹赈会号召，上街卖花筹款支援祖国抗日。马来亚陷入日军魔爪后，尚在童年的他又在马来亚共产党（马共）的领导下参与抗日救亡。

1944年，不到15岁的邝常已是掌管四个自然村儿童团工作的团干，他的家也成了红色交通站。为传递情报，邝常经常被派遣深入虎穴打探敌情，参加抗日武装铲奸除恶的秘密行动。他在与日伪斗智斗勇的过程中得到一次又一次磨炼。那段日子，区内有多个隐秘的抗日据点遭到鬼子搜查，有的同志被杀害。区委经调查发现内部出了奸细，邝常带领儿童团员配合部队，巧妙地引蛇出洞，一举铲除了日本特务和三个奸细。结果，鬼子变本加厉地对吡叻州进行反复的疯狂扫荡，常常突然闯进村里搜捕杀人。邝常家是地下交通站，他和姐姐玉莲是儿童团骨干，常到邻村东躲西藏。为了姐弟俩和家庭的安全，党组织建议他们暂别家庭到部队去。

那天，邝常两姐弟临别父母，区委书记握着邝常妈的手说："大娘，我们走了，你千万要保重啊！"邝常妈眼圈一红，一下将邝常和玉莲搂在怀里，泪水像决堤的水一样奔泻而出。姐弟俩紧紧搂着母亲，大声叫着妈妈，母子三人抱头痛哭。良久，邝常妈慢慢将他俩脸上的泪水擦干，抚摸着孩子的头，哽咽着却坚定地说："你俩离开家后，一定要听领导的话，好好努力学习打鬼子！"

喜结良缘

在部队,姐姐玉莲成为一名女战士,与日寇展开山地游击战,邝常则负责分管几个埠的抗日儿童团,动员乡亲们捐钱粮、衣服和药物,送往前方支援部队抗日。后来,邝常当了地委交通员,终日冒着风雨酷暑踏遍崇山峻岭传递情报。1945年8月,世界反法西斯战争胜利结束,日军在马来亚宣布投降。在欢庆胜利大会上,邝常代表儿童团上台讲话,愤怒控诉日本鬼子对当地妇女儿童犯下的滔天罪行,欢天喜地和群众一起庆祝胜利。

然而,当姐弟俩兴高采烈地回家探望久别的父母时,才发现母亲因与孩子长期分离而忧伤过度,终日缠绵病榻。一家团聚,抱头痛哭,喜泪与苦泪交融在一起……一个月后,尚在中年的母亲因病情恶化,撒手人寰,邝常姐弟和父亲久久搂抱着亡母,哭声凄厉,震天动地……

1946年7月1日,邝常如愿加入了马来亚共产党。这一年,邝常刚满17岁。

抗战胜利几个月后,马来大地风云突变,英殖民者卷土重来。他们培植势力,疯狂镇压共产党前抗日人员和其他进步人士。马共的党、政、工、团、妇组织遭到空前大洗劫,大批进步人士被捕入狱,马共由此再次转入地下开展对英斗争。

邝常和几位同志按照党的指示旋即转入橡胶园,进行隐蔽的地下战线活动。在橡胶园,他们表面上是起早摸黑的割胶工,暗中则为民族解放保卫团筹集物资，利用山林的掩护为部队采购粮食、药品、草席、衣服等物资。在儿童团时筹物抗日，如今筹物抗英，长期的地下斗争生活历练了邝常的胆色、毅力，使他遇事更沉稳淡定。在橡胶园生活的这段日子里，他认识了一位叫张亚凤的女工，两人情意相投，渐渐建立起真挚的感情。不久，经组织批准，他们喜结良缘，在橡胶林深处一间简陋的木屋里，举行了极其简朴的婚礼，没有喜庆鞭炮，没有婚宴，没有玫瑰和礼服，但他们有真诚的爱，有同志们衷心的祝福和共同信仰的支持……

情牵故乡

有了家庭作掩护，邝常为部队输送物资的隐蔽工作做得更加有声有色，常受到上级的表彰。4年后，他已是3个孩子的父亲。然而，就在邝常23岁那年，厄运无端降临。橡胶园附近地区流行白喉病，邝常的3个孩子不幸染疾，数日内相继病逝。在橡胶园那间小木屋里，夫妻俩抱头痛哭，悲痛欲绝。真是福无双至、祸不单行，夫妻悲哀的泪水还未擦干，邝常竟被叛徒出卖，锒铛入狱！

那是1952年7月1日，早晨5点，叛徒黄志带着几十名英国军警，开着三辆装甲车包围了橡胶园。工人们被赶到一块空地上，叛徒躲在车内暗中指认邝常和几位马共党员。被捕后，邝常被关押在玲珑警局，遭到严刑拷打，伤势十分严重，而坚贞不屈的他始终没有向敌人透露党组织的秘密。

在狱中，最让邝常感到痛苦和忧心的不是身体的疼痛，而是妻子亚凤。亚凤嫁给他后就没过上几天好日子，3个孩子夭折，丈夫入狱，接连承受重大的打击，这对一个才二十出头的女子来说是何其悲痛，人生的大苦大悲莫过于此！她那柔弱的身躯能承受得起这凄惨命运的打击吗？这对她的身心将会造成怎样的摧残啊！他深深感到自己对不起她。那些日子里，邝常忍受的心灵痛苦比身上的伤痛更甚！而亚凤常来探监，设法送来一些食物和跌打药，更使他心里感到阵阵怜爱、酸楚和感动。草药慢慢治愈了他身上的伤口，却抚不平他心灵的伤痛和愧疚……

一个月后，邝常从玲珑警局被转押至马来亚最大的集中营——怡保集中营。在那里，邝常被选为营长，营里有秘密组织理事会管理全营的思想政治和生活。那时中华人民共和国刚刚成立，百废待兴。朝鲜战争的战火烧到了鸭绿江边，国家安全受到威胁，中国人民奋起支援。身处险境的邝常仍心系祖国、情牵故乡，时常组织发动营里的同志捐赠亲友送来的钱物。同志们被感动了，纷纷伸出援手，一批批钱物秘密地被交由遣返出境的同志带回祖国故乡。他们用赤诚的心支持祖国抗美援朝。

回归祖国

1952年11月11日，邝常与怡保集中营的"政治犯"们一起被马来亚英殖民当局押送到巴生港。

巴生港，这个连接远东至欧洲贸易航线的马来亚最大港口，在马六甲海峡的雨雾笼罩下显得分外阴沉。一声长长的汽笛划破港口的宁静，一艘搭载着600名身份特殊的中国侨民的海轮离港启航。他们将被英殖民当局以各种莫须有的罪名遣返中国。

轮船慢慢驶离码头，难友们纷纷走上甲板，情不自禁地唱起《告别马来亚》："今夜别离你，奔向艰苦搏斗的中原，我们深深地怀念，美丽的马来亚，我们的第二故乡，你胶园广阔，锡山众多，你是赤道上的温泉，大自然的娇儿，我们如今已失去，在这半岛高飞的自由……"十年前，侨胞们唱着这首歌英勇奔赴祖国抗日，而十年后唱这首歌，却是被英殖民统治者逼迫离开第二故乡！悲壮而婉转的歌声和着细雨在海上飘荡，和浪涛一起拍打着海岸，也拍打着他们难舍的心。邝常和亚凤夹杂在一群难友中，这对患难夫妻眺望着茫茫的远方，心绪如涛。他俩知道，过了海峡，就到了中国的南海，就快回到广州的珠江了，他们祖祖辈辈就是喝着这珠江水长大的。如愿回归祖国，回到故乡，他俩有一种重获新生般的亢奋，而祖国既熟悉又陌生，等待他们的又将会是什么呢？阵阵别离的愁绪涌上心头，美丽的马来亚，我的第二故乡，我们还会回来吗？

扎根家乡

在海上度过七天八夜，1952年11月18日下午，轮船终于抵达广州黄埔港。其时已经入冬，大家穿上政府送来的棉衣，喝着热茶,吃着蛋糕,第一次感受到祖国的温暖。在广州天字码头,侨胞们受到彩旗鲜花、锣鼓鞭炮、舞狮舞龙的夹道欢迎。广州百子路第四招待所早早就为他们准备好了床铺棉被等生活用品,让他们体验到家的温暖。

几天后,管理科一名女科长找邝常谈话,问他回国后有什么想法。邝常说,最好在广州附近能找到一份工作或到有橡胶割的地方去。科长建议邝常去读书:"小邝,广州刚解放,大批工人下放农村,海南的橡胶树才刚种下,你还年轻,有点文化,如果你愿意,我们送你到福建去读书?"邝常听后兴奋地说:"好啊!"转而一想这事还得回去跟妻子商量,就对科长说过两天再答复。

邝常踌躇着,陷入两难。读书当然好,但妻子已怀孕,又没文化,不能和他一起上大学,如果自己去读书,她只能到农村去种地,她为自己受了这么多苦,这一次不能再让她吃苦了!邝常没将读书的事告诉妻子,两天后直接回绝了读书的机会。科长很诧异:"国家保送你去读书,毕业后还包分配工作,这么好的机会你为啥放弃啊?"邝常说:"我考虑过了,我还是到农场去吧!"他的语气很坚定。

就这样,几天后,邝常背上了行李,和妻子一起到了广东陆丰农场,几个月后调去东莞万顷沙集体华侨农场支援春耕。不久,农场又合并改名为珠江华侨农场。从此,邝常就在故乡广州之郊南沙的珠江华侨农场扎下了根。

潇洒一回

1985年,在改革开放的号角声中,人们仿佛一夜之间觉醒,纷纷开展多种经营,开公司、办企业。地处南沙的珠江华侨农场除经营传统的农作物外,还调动人力物力利用所有资源发展多元经济。邝常调任建筑水电安装工程公司总经理,兼糖厂综密度工程副总指挥。

对于搞经济,邝常并不算是行家里手。虽然在马来亚时他在橡胶园干过,回到祖国后在农场搞基建,将农场基建搞得有声有色,改革开放前大大小小的工程项目也要算成本,但都不是以营利为目的。那时农场是计划经济,职工的一切工资福利都由上级划拨,而如今经济市场化,公司自负盈亏,得自己养活自己,公司300多号人的吃喝拉撒,全靠自己找米下锅。在市场竞争中,公司与当年那个小小基建队再不可同日而语,必须不断拓展业务承接工程才能生存。那段日子,公司承接过周边地区的不少项目,干得有模有样,然而,邝常就是不明白,为什么自己资质过硬,但有些工程项目最后还是被资质比他们差的公司拿走。有人告诉他,对手暗中给了回扣。他对建筑行业这种腐败风气深恶痛绝,跑去场部向书记反映情况。他斩钉截铁地对书记说:"我绝不搞这一套,我凭我的实力实干,靠过硬的工程质量,我就不信我会饿死!"

于是他和市农场局主管领导取得联系,局里让他兼任局属华建三分公司经理,主管公司已有的业务。这个公司在业内有口碑、资质好，却由于公司内部经营不善，已亏损近百万元。这可是一块硬骨头！啃不啃？邝常回去和班子一起研究，为了迈开更大的步伐向市场进军，为了有更过硬的实力承接更多工程，他决定杀出一条血路，将华建三分公司的业务全盘承接下来。

接下来的两三年间，邝常干得红红火火。他主持的华建三分公司在广州陆续兴建了仲恺农校宿舍、十二甫西宿舍、珠江海鲜酒家，以及长堤大马路一家大型海鲜酒楼、农林下路81号大院和战士歌舞团的两栋18层大楼，均被省建委评为优质工程。邝常与公司一班人马商议，利用原有的一个旧仓库搞房地产开发，建商品房出售，闯出一条新路。以前是承接工程，现在是开发土地，邝常带领全公司人马摸着石头过河。在当年的广州，他们是涉足房地产开发最早的企业之一。这一仗打得相当漂亮，使公司彻底翻了身，不仅还清了所有债务，还盈利200多万元，也为珠江农场赢得了声誉。

1989年10月，邝常退任离休，从公司总经理位置下来时，他在职工大会上自我调侃：想不到我临老学吹打，年过半百还跑到市场上玩一把，好在没辜负党的期望，总算是潇洒走了一回，做了一回改革开放市场经济大潮的弄潮儿！

……

邝常深深懂得，自投身祖国怀抱回到广州南沙后，自己的生命之根就注定深扎在脚下这片热土了。祖国大地的眷顾，故乡甘霖沛雨的滋润，让他的生命之树勃发新枝，生命之火重放异彩。他为回归祖国感到自豪，将党和人民的深情铭记于心。离休后，邝常多次带着妻子儿女回到他的第二故乡"大马",回到吡叻州端洛埠。他热情洋溢地向亲友们传颂华夏大地翻天覆地的变化,叙说结下不解之缘的广州南沙和珠江华侨农场,讲述自己幸福的一家和美满的晚年生活……

2015年9月,抗日战争胜利70周年之际,广州新马侨友会庄重地给邝常颁发了一枚金质徽章,上刻:纪念中国人民抗日战争暨世界反法西斯战争胜利70周年/民族英雄/1945—2015。

是的,邝常是配得上英雄称号的。他一生追求信仰,一生革命奋斗,一生爱国奉献,用生命的喜怒哀乐写就一部爱国篇章,字里行间充满一个赤子的悠悠情怀,闪烁着党的忠诚战士一身正气的光辉。他把热血挥洒在异国土地上,把豪情播撒在祖国,撒在广州的云山珠水间,无怨无悔……

龙穴变迁记

龙穴岛，一个沙洲形成的千年岛屿，一颗糅合美丽传说、现代与传统的璀璨明珠，在珠江口湾顶处，以其婀娜的身姿将广州一路向南延伸到海。

珠江水阔，碧波荡漾，一座新龙特大桥飞架西东。桥的那边，连接多条高速路的南沙港快线，蜿蜒于珠三角中轴密布的河汊水网，穿越南沙大地的万顷桑基鱼塘和沙田，而桥的这边，传说中的龙腾之地便一头投入了南沙热土的怀抱。

行走在龙穴岛上，湿润的海风裹挟着炽热的紫外线扑面而来，有一种奇妙的热辣。岛上有龙穴、铜鼓、爻杯三座小山。相传铜鼓山面海的山下有洞穴，为南海龙王居所。南宋地理总志《舆地纪胜》中记载："龙穴洲在东莞县南大海中，有龙出没其间，故名。春波澄霁，蜃气结为楼观、城堞、人物、车马之状，耆旧见之。"明清时多部地理志、县志、诗文也记有龙穴地名的由来，并描述龙穴海市蜃楼奇景。其时,岛外海天苍茫,岛内三山石穴流泉,行经海上丝绸之路的外商船舶必于此汲水生息。千年后的今天,纵有三山石穴流泉、奇榕奇井、龙宫龙洞在,龙之踪迹却再难觅。星移斗转,沧海早已变桑田。许是龙的传人得到真传,他们围海造地,在当年龙出没的地方架起一座又一座巨型龙门吊,书写一页页钢龙出海的动人篇章。我绕山而行,满眼皆绿,层林尽染。山的那一面,农舍鳞次,炊烟袅袅,瓜果成行,桑基鱼塘纵横规整,一派安乐祥和……

龙穴岛本是一个荒芜之岛,千百年来,孤寂地沉睡在大海的怀抱里,做着她那古老而神秘的梦。20世纪20年代末,几户东莞贫民来此定居,海岛才开启住民的记录。共和国成立之初,岛上人口只有百余人,几十个劳动力,除山地外,河海冲积平原不过0.5平方公里,芦苇根和咸水草是岛上唯一的经济作物,岛民靠吃国家统销粮维生。50年代中期,眼看芦根、水草不足以维持生计,纯朴的岛民再寻生路,筹钱买了两条船,请行家指引,到珠江口周边的狮子洋一带,干起了风餐露宿的捕鱼营生。

1959年,广东省政府将龙穴岛纳入珠江华侨农场管理,龙穴岛成为农场的一个作业区。农场组织人力在滩涂上围垦造田,农田从原来的两百亩变成千亩,仍以种植咸水草为主,辅以蕉、蔗。农场又帮扶买来几条渔船。种植与渔业双管齐下,与农场共进退,岛民们像在茫茫大海中搭上救生舟。农场给岛民们带来了生机,他们享受国家职工待遇,尝到了甜头。

那时,岛上设立了生产队和渔业队,生产队在围垦地里种水草,种蕉、种蔗、种莲藕；渔业队已积累了捕鱼经验，可以远赴北部湾、汕头、北海等海域打鱼了。生产队的工资制度由最初的定级到计件，渔业队则按内河航运工种套级，岛民的生活开始有了转机。然而，20世纪六七十年代海岛的生活条件极为艰苦，岛上没有电，没有路，没有自来水，只有一个卫生站，岛民住茅屋，与外界交流只能靠小船小艇，每遇台风，龙穴岛就成了孤岛甚至死岛，连急病都无法送医，只有听天由命。

农场职工的生活虽然有了显著变化，但与那个年代许多国营企业的情形一样，计划经济以及农场的工资制度渐渐暴露出弊端——人们拿着工资干多干少一个样，不说定级工资，连计件工资也刺激不了职工的积极性。特别是出海捕鱼的渔业队，那时队里大小渔船已有8艘，出海成本增加，产量却不高，经营亏损，职工拿着工资却提不起精神，"大锅饭"弊端暴露无遗。更令人头痛的是，珠江糖厂扩产后，岛上职工辛辛苦苦种出来的蔗却榨不出糖来——在咸淡水滩涂围垦地种的甘蔗竟是咸的！蔗，看来在龙穴岛是无利可图了。那咸田里的咸水草长势倒是兴旺，可惜时代在进步，水草逐渐被尼龙绳所取代，销量日减，市场萎缩，而蕉和莲藕的产量并不高。

这是一个吃国家"大锅饭"的年代，反正龙穴作业区又不是独立核算经营单位，农场工资每月照发。其实，龙穴岛多年来一直是珠江华侨农场一个亏损的区，只是这个亏损的锅由农场背了，岛上的职工才可以安然度日。

龙穴岛种养业的发展方向在哪里？生产积极性如何提高？职工

如何生存？这是摆在农场和龙穴岛作业区管理者面前的严峻课题。

随着改革开放大潮的奔涌，也伴随一场几十年不遇强台风的突袭，龙穴岛的命运被彻底改变。1983年9月9日，名为"爱伦"的九号强台风长途跋涉掠过香港，登陆珠海，风暴狂潮千军万马排山倒海般袭向珠三角。龙穴岛首当其冲，台风过处，一片狼藉，岛上种植的所有农作物被全数推倒，淹没在一片汪洋之中，千余亩围垦的农田重归大海，岛民们欲哭无泪。面对灾后大片农田上漂浮着的死鱼，痛心的岛民却忽然醒悟：何不将计就计将种植改为养殖？养鱼，在原来的蕉、蔗地里挖塘养鱼！

其实，在台风到来前的七八天，这个契机就被农场的管理者们逮住了。那时，改革开放已在中国农村铺开，家庭联产承包责任制是农村改革的铁杆标志，广东省农场系统开始把省内试点积累的经验向全省农场推广。农场组织了下属各区有关人员到湛江的农场取经、学习。龙穴岛的会计陈庆南参加了，并踌躇满志地回来了。翌年开春，当他二次取经重赴湛江时，已是龙穴岛的书记兼主任。岛民们都管这个在岛上生活了30年的书记叫"岛主"。两次取经，结合岛上的经验教训和现状，陈岛主心里有了底，回去与班子一研究，方案很快就出来了。方案明确分田到户，取消工资制度，实行家庭联产承包责任制，实行"三自"：种养自由、销售自主、工资自理。责任制合同一定三年，而人还是农场的人，农场保留职工原有的劳保、医疗、粮油差价等福利及退休待遇。这个方案很快在区内推开并取得成效。头一年,职工就尝到了甜头。他们不拿工资,收入却增加了,作业区开始减亏。职工们心里都乐意,都愿意继续签合同,头回是一签三年,次回一签便是十年。这是这么多年来龙穴岛首次减亏,也是珠江华侨农场改革开放的第一个联产承包责任制方案实施成功的范例。

这个分田到户政策在岛内一直延续着,令作业区积累了资金,有了家底。20世纪90年代中后期,很多国有企业纷纷关停并转,职工下岗,农场的一些企业也坚持不下去了,被迫辞退工人。场部劝陈庆南趁势卸掉部分包袱,买断老职工工龄,陈岛主却坚持不肯辞退职工。他说老职工在岛上辛辛苦苦干了几十年,现在作业区还可维持,有利润,职工只要每年交给区里300多元,作业区就可保留他们的职工待遇,负责他们的生老病死,负责他们的基本社会保险,直至他们退休。"岛主"坚定地为职工们谋取了利益,赢得了区内一片赞誉之声,受到农场的表彰。

如果说分田到户是改革开放的春雨给龙穴岛这颗沧海遗珠注入的生机,那么旅游资源开发就是春雨使这颗珍珠的千年文化焕发出亮丽的光彩。1982年秋,农场一名当年赴香港定居的知青,带领一群香港游客,坐船来到龙穴岛,兴奋地登上了那一弯月牙般美丽的天然海滩。这是自发组团到龙穴岛来旅游的第一拨境外游客。由此,便掀开了龙穴岛旅游业的篇章。

最初,游客到岛上只是在沙滩上玩玩水,探一探那苍翠的三山环抱下的泉穴,看看那几穴有着千百年历史传说的古洞,然而景点没经多少修葺,道路残破,那古洞奇井被海洋的暴风疾雨剥蚀得七零八落,岛上的民俗图腾等文化元素缺乏整合,因此没有多少文化的韵味。而龙穴岛本是一个文化积淀深厚,有独特的人文地理资源,有"二龙争珠""海市蜃楼"等诸多神话传说,旅游资源十分丰富的海岛啊!农场管理层看中的是岛上千年沉淀的文化基因,于是决心在岛上发展旅游经济,将龙穴岛的牌子打出去,让"龙文化"旅游业和养殖业成为龙穴岛经济发展的两翼。于是他们找来专家挖掘梳理龙穴和海市蜃楼的传说,修缮龙宫、三圣宫、虾洞、蟹洞和张保仔藏宝洞,动工兴建沙滩游泳场、龙宫门楼、观日亭、风浴亭、铁索桥、穿山洞、花洞和度假别墅、海鲜餐厅。古老的龙穴岛由此焕发新颜。农场又特地派来一名领导到岛上坐镇专管旅游,成立了珠江龙穴旅行社,与珠江航运公司和广州客轮公司合作,把旅游团从各地送到岛上来。这一招很灵,龙宫银滩藏宝洞,三山环抱二龙争珠,经由旅游者口口相传,成了热门的旅游胜地。

20世纪90年代,在省政府的协调下,珠江农场与龙穴岛人一道,再次在岛的四周围垦造田,面积过万亩,耕地面积扩大了数倍,仍以鱼塘水产养殖为主,辅以山林果蔬。区内人口也增至600多人。在那些辛劳而又恬淡的岁月里,龙穴岛人勤勉地劳作和生活着,岛上的种养业兴旺繁荣,水美鱼肥瓜果香。在波光粼粼的鱼塘边,在一排排刚竣工的砖屋瓦檐下,人们每天迎送着来岛上览胜饮泉赏山玩水的游人。而游人们从弥漫着原生态气息的纯净和古朴里,在葱茏宁静的丛林山水间,仿佛悠然进入一个奇妙的童话世界,开始一场忘情的神秘旅程……

今日的龙穴岛,那曾让人流连忘返的美丽海滩已悄然让位于造船、港口、物流三大擎天撑海的海洋工业。在乡村振兴的号角声中,龙穴人在原有岭南水乡特色的种养基础上,打出海洋名片,大力发展以海为主题的经济,大兴近海和塘鱼养殖业,常举办各种鱼、虾、蟹等系列节庆活动,吸引各方来客。在这个美丽的海岛乡村,游人真切感受到了水乡文化和海洋工业文明交融的独特魅力。

登上那苍翠欲滴的铜鼓山,面朝东南,举目远眺,广船国际、南沙港区、物流基地,延绵数里,匍匐在弯弯的海岸线上,像一个个撸起袖子加油干的汉子。那高耸的龙门吊,那巨型的船坞,那即将下水的百万吨级巨轮,那密密匝匝列着方阵色彩鲜艳的集装箱群,那工业园纵横交错的道路、楼房,仿若镶嵌在蓝天远海间的彩虹、楼观、城堞、人物、车马,好一幅当代版的"海不扬波三十年,蜃龙吐气幻云烟"的美景!

而岛内又是静谧的。原先的小龙穴,早已左揽鸡抱沙右拥小仔沙,三岛连成片。在这个近50平方公里的海岛上,鱼塘桑基河涌密布,莲藕香蕉瓜果繁茂,参差的农舍掩映其间,龙穴人一如既往安静地守着传统的种养业。龙穴岛,仿佛正将一支优美古朴的乡村小夜曲融入现代海洋工业浑厚的旋律中,乐曲时而温馨时而豪迈,时而柔美时而热烈,穿透人的心灵……

东涌·艇

徜徉在南沙水乡东涌的沙田河网上,你会陶醉于眼前的一切,流连忘返。那连片的蕉林蔗地、桑基鱼塘,那溢满幽幽瓜果香的乡间绿道,那夕阳下的渔舟唱晚,那飞檐翘角、富有岭南风格的建筑群落,那珠三角特有的乡土情调,那原生态、原民俗……而我,更钟情于这里河网水道上那或静静停靠或悠然荡漾着的艇。

你看那艇,停靠在水岸边大榕树下那青石埠头时,她仿如经风沐雨的长者优哉游哉地颐养生息,在默默倾听那听过千百回的风和水的歌谣;在弯弯的河汊水网间迂回穿行时,她又仿佛开始向人们讲述关于南沙,关于东涌,关于艇昨天的沧桑和今天的甜蜜故事了。

艇,在东涌平静如镜的水上绿道悠悠而行,人字形的涟漪散漫地在艇后向两边荡漾开去,像一只只无拘无束、自由自在的鸭儿在水中畅游。那划动的双桨,又像那调皮的鸭儿扇动双翅欢快歌唱、奋勇争先。让游人坐在艇上欣赏水上绿道的美,是东涌人款待游客的一大特色。艇在水上慢慢穿行，两岸原来近在咫尺，却又似乎让人看不着边，满眼的水生植物，满眼的木瓜、石榴、杧果、甘蔗和水草。两旁的房舍和村道掩映其中，若隐若现，水生美人蕉硕大的花蕾时不时从水杉的缝隙中探出头来微笑。岸的绿和水的绿在你眼前弥漫着，艇头那一座座石拱桥晃荡之间就到了艇尾，又无声地渐行渐远。咿咿呀呀的桨声与水和鸣，同鱼虾们一起欢唱，草丛中有家禽嘤嘤呢喃，在人们的耳畔歌吟……此时，艇，就在不知不觉中，笑意盈盈地将你送入了一个如诗如画、如梦如幻的童话世界。而此刻的你却忽然疑惑起来：自己是置身于东涌水乡吗？

在广东广大的珠三角水乡，人们都习惯将浮游在河涌水道上的船叫艇，将小船叫艇仔，将摇橹叫撑艇，船家也就叫艇家。记得孩提时代，在广州老城，我常跟祖母到珠江边，去看艇，或去吃一碗美味的艇仔粥。每当夜幕降临，堤岸边就成了热闹的去处，很多艇你牵我、我倚你，一字儿排着，都点了煤油灯。鹅黄的火光在微风中闪烁，远远望去，影影绰绰，人声与艇影、波光与星月相辉映，煞是好看。等长大了我才知道，艇像漂浮在江河上的鸡蛋壳般脆弱，所以艇家就被叫作疍家，而艇就叫疍家艇。在他们眼里，艇也许不同于船，形状大小固然有别，行驶在大洋大海上经风抵浪的是舰船，而浮游于湿地水道上的是艇。纵横交织的河网虽没有太多的惊涛骇浪，艇却承载着水上人家常年的生活之重和命运之无常。在珠江三角洲水乡，水上人"艇"和"撑艇"的称谓，语境中饱含一种质朴的生活况味，浓浓的岭南水乡情愫就在"撑艇"二字中轻轻流泻。

而艇家的咸水歌"虾仔你快点长大啰,撑艇撒网就更在行",更传递出一种生命的纯真、期盼和生活的咸苦。这与文人墨客笔下的"轻舟""泛舟""孤舟蓑笠翁,独钓寒江雪"之类的娴雅唯美,显然有着巨大的不同。

艇,是水上人家的根,是他们生息存身的唯一归处,是护身的壳,容身的家。所谓靠山吃山,靠水吃水,吃水靠艇。艇就像生命,甚至像河神、海神一样备受呵护、尊崇甚至敬畏,这对于旧时东涌只在水上谋生,极少上陆地的疍家人来说更是如此。

过去的南沙,在东涌、鱼窝头那一带水乡,人们将水上人家连同他们的艇称作"水流柴"。就像那充满忧伤的沙田咸水歌里唱的:"沙田疍家水流柴,赤脚唔准行上街,苦水咸潮浮烂艇,茫茫大海葬尸骸。""水流柴"三字隐含了疍家人多少辛酸和悲苦啊!艇,既是他们沉重的家,又是他们苦苦求生之所。那时,东涌的疍民年年月月靠撑"白泥艇"帮人装运泥土拍墩围田,靠艇出卖苦力艰难为生;他们撑"虾春艇""浸虾艇"捞取河里的"虾春"、鱼虾小蟹,换取微薄的生活费。艇和人就如江海中漂流的枯枝朽木,终年在旋涡里打转,在浪上颠簸,身不由己,随流水漂泊。为摆脱贫瘠,他们撑啊撑,为撑出生天,为撑圆一个梦,一年又一年,一代又一代……艇随水漂,人靠艇活,艇载着生命的全部承托,人的命运与艇一起交付流水。那一条条承载着疍家人一家老小身家性命的艇,就是一个个小小的水上浮城。艇在,人在,艇毁,家亡!

是的,水是伟大的慈母,艇和人就是慈母怀中的儿女。自古以来，艇和人就结下一种深深的不解之缘，就像人和水神圣不可分离一样。人、艇、水的缘分是上天给的，是永远缠绕在一起的啊！

是啊，既然滨水之地是人类生息繁衍以至谋求生存之所在，既然水是一切生命的根本，那么漂浮在水上的艇，不就是人类亲水、让生命生生不息的载体吗？艇不就与人的命运共进退吗？艇，也就寄寓着人们瑰丽的生活梦想。于是，在广大的珠江三角洲水乡，在如今那些或安闲、或劳作，或大或小、或新或旧的艇上，我仿佛看到了过去水上人家谱中的喜怒哀乐，那些《诗经》一般的疍家咸水歌，宛如在倾吐一部部沉重的疍民咸甜史，和他们那些并没有被遗忘的梦。

我爱在东涌河岸的榕树下看艇，爱艇在水中荡漾时那种微微晃动的感觉，爱听头戴"虾姑帽"的艇姑一边撑艇一边引颈高歌。虽然疍家人的凄酸早已过去，吉祥围的水上人几十年前就已告别浪上颠簸、随水漂泊的岁月，人们怀抱的梦想已如愿以偿。然而，他们那流畅清新的歌声依然质朴且充满泥土芳香——"天上有星千万颗咧，海底有鱼千万条啰……你是钓鱼仔定是钓鱼郎啰嗬，我问你手执鱼丝有几多十壬长？……"而富有创造性的南沙人在每年一度的咸水歌大赛中又创作出富有时代气息的歌："东涌沙田好风光呢，村容涌貌换新装咧；不见茅寮见洋楼喽，河涌仙境蓬莱乡啰。"极富感染力的歌声自摇曳着的艇里飘溢而出，宛若天籁之音荡入人的心湖，而这时弯弯水道漾起一圈一圈美丽的涟漪，仿佛是对艇和歌的一种深深敬礼。

我曾在江南古镇的水巷随乌篷船巡游荡漾,那时我沉迷于韦庄"春水碧于天,画船听雨眠"的顿悟中,而那雅致的船舱雨篷,两岸古朴的石阶屋宇,袅袅炊烟,那柔柔的吴侬软语,桨声灯影,那用棍子"咯吱"一下撑起木窗的声响,天、水、艇在氤氲中如梦如幻,一幅美妙的江南民俗乡土图让我忘情。而如今,眼前的村口埠头,遮天蔽日的墨色古榕,挺拔高耸的木棉,一路飘香的蔗林蕉丛桑基瓜果,郁郁葱葱的各种水生植物,斑驳湿润的拱桥石岸,天、水、艇竟也一如交融。恍惚之间,我忽然醒觉,这是岭南水乡,这是南沙东涌啊!

对啊,艇是有生命的,在这令人心旷神怡的绿色河网上,我听到了水鸭和燕雀的私语、石榴树和美人蕉的沉吟,还分明看到了艇像美人鱼一般欢快地撩逗着水,在与水朗朗唱和。水问候艇,艇笑了,又重复了那说过千百遍的笑语,说时移世易,捕鱼捞虾早已卸下了沉重与哀伤,只收获丰裕和欢笑;说时代不同了,我们要唱响时代的歌……艇和水的欢声笑语在涟漪间回荡,又甜又脆。

沙田情话

堤上，冬日的风散漫地拂来，温润，却带些微咸。江流一路往南，便是连接南海的珠江出海口。

这里是磨刀门水道东岸，江岸迤逦，一湾接一湾，水阔浪平，绵延数十里。三百年前茫茫大海滩涂，三百年后沙田绿洲鱼米乡。江河日月默默见证着这片名曰坦洲的土地海河成陆成田的沧桑巨变。

脚下的江岸是最早的坦洲水居人逐梦的黄金水道。咸淡水交汇，天赐的富饶诱惑人们从南粤各地纷至沓来。他们用最简陋的舟楫、最传统的方式捕捞出最肥美的海鱼虾蟹，与投奔附近沙丘山地割芒狩猎的中原移民为邻，将世代的命运交付这方水土……如今，坦洲山下斑驳古旧的基围石墩犹在，让人遥想当年耕海渔人祖辈的辛勤围垦；夕阳斜照下的渔歌唱晚，让人的思绪穿越古今；金斗湾先民当年日进斗金的祈愿，依然是今天坦洲人心中的歌。

曾经，水居人被称作疍民，一个"疍"字饱含昔日坦洲疍家人几多咸苦。随波逐流的生命如同蛋壳般脆弱，满载鱼虾的疍家艇也载满悲酸。南海肆虐的飓风暴雨，西江无情的海潮洪峰，葬送了多少以渔为生的磨刀门疍民，卷走多少金斗湾的茅寮棚舍、围口村落。浮生江海水流柴，弯弯渔艇是枯枝。出海三分命，上岸低头行，疍家人纵然逃过海上劫难，也躲不开陆上的欺凌。

屈大均在《广东新语》中载："疍人亦喜唱歌，婚夕两舟相合，男歌胜则牵女衣过舟也。"可见来自咸水的歌明末清初就在广东沿海一带流行。数百年来，金斗湾的疍民就在"江行水宿寄此生"的生涯中摇橹唱歌。他们在打鱼撒网时唱，在困苦难过时唱，在喜庆欢聚时唱，在恋爱织网时唱。他们用海涛沙石般粗粝的歌声，唱出鱼虾满仓，唱出满天星斗，把生命的喜怒哀乐都唱个透。

也许，在诗人们眼里，疍民们"煮蟹当粮""踏浪花"，一派"唱晚渔歌醉落霞"的美景。但在疍家人心内，自己却是悲苦的"水流柴"，他们自嘲风浪中讨食的生命如蛋壳般脆弱。他们的歌，道不尽浮家泛宅烟火里的咸苦酸辣！

"沙田疍家水流柴，赤脚唔准行上街，苦水咸潮浮烂艇，茫茫大海葬尸骸……"船在风雨中飘摇，一天劳作无获而归，浊浪拍船联想身世，如泣如诉的歌，叹尽了生命悲凉……而当夜幕降临，渔火升起，哥妹双双对唱的情歌，都会划破黯淡的滩涂，柔情又绵长。"……天上有星千万颗咧，海底有鱼千万条，啊咧阿妹，我有千言万语想同阿妹你倾谈呀咧……可惜牛郎织女，中间都隔着天河啊啰……""海底珍珠容易揾，真心阿妹世上难啊哩寻啰嗨……"

召唤爱情的歌,依然带有一缕咸苦。

素有"金斗"粮仓之称的金斗湾,近代不知养活过多少"南番顺"人,但这里终究不是净土,战乱、天灾、饥荒、人祸,曾让金斗湾满目疮痍。"……左弯右弯,坦洲近海近山,过去流言,有女唔愿嫁金斗湾。烟赌林立,恶霸横行,年年水咸,食水要上山担。路烂难行,踢爆脚公,磨损脚踭,基地种菜生孽,水田种禾又唔生。台风洪水一来,金斗湾变成白鸽坦……"每当洪潮退却,基头围口一片狼藉,疍民唱出对家乡的满腔愁绪,对生活的无比埋怨,令人唏嘘。

而在时代的风雨下,耐劳的金斗湾疍民没有离开故土,他们深爱这里的一水一土,即便为生活所迫舍舟上岸也不离不弃。"……扯起白帆耕大海啰,筑起石堤隔开天……新筑十里金堤,环抱金斗湾,拦住洪峰,断绝水咸……大婶围裙穿珠链啰,大伯烟斗套银边,后生胸前挂玉坠啰,妹仔襟头贴花边啰嗬……"他们在广袤的滩涂上奋勇围垦造田,建起水上村庄,让瓜果稻谷重又香飘"金斗"。歌里洋溢着疍民们劳动的喜悦,流露出用汗水和智慧换取新生活的欢畅。

夕阳下,我在河堤上凭栏远望,落日的余晖给红树林染上一层金红。昔日万艇耕海的景象早已不复存在,小艇穿梭溅起点点浪花,似是讲不完的沙田情话。寂静的湾畔,水浪与桨声唱和,宛如一曲曲岁月长歌:"……坦洲地面好风光咧,谷米丰盛瓜果香啰咧……十里围堤银铺面啰嗬,万顷沙田用金沾,金银满艇歌满船呀啰……"

走进老香山

老香山，跨高明、高要、新兴三境，东西绵延三十里，群峰叠翠，林海苍莽，宛如蓝天下一匹此起彼落的绿色绸缎。山涧飞流孕育高峡平湖，明镜一般的高明母亲河沧江由此源起，自西向东一路向粤中铺展，悠悠汇入西江。

仲秋时节的老香山，依然苍翠欲滴，艳阳透过树叶洒下斑驳的光，依然一派盛夏的热。在大树老藤、齐膝的灌木繁草和岩石隙缝中蹒跚而行，令人有一种羽化空灵的感觉。从山谷望向群山，一组组奇石或匍匐或屹立于峰岭之巅，在香椿、鸭脚木、荷木等亚热带常绿阔叶林山地植被中尽显峥嵘，与绿色的波涛相依相拥。

老香山以香椿树驰名，峰峦却因石而平添雄峻景象……牙鹰石、云西岩、石门楼、横梁顶、月亮石、皇帝床、卧牛石、将军岭、石壁岭……一望无际的葱茏中突兀着石的奇与险。若苍鹰蓄势待飞，若刀削壁立千仞，若神仙脚印，若壮牛卧伏，若将军披甲，若少妇盼夫归……石是山之精灵，仿佛能带人走入一段历史的行程，踏着它的故事，能采集和追寻到生灵的足迹……

但凡大山都有神秘故事，老香山亦无例外……相传元末明初绿林俊杰马伯虎，曾拥兵数百盘踞于此，被官兵剿灭前留下遗言：五桁独公庙，方横三百步，黄金三百两，白银两大缸。但财宝藏于哪个山头哪个石洞却无人知晓。为保住财宝不被外人吞占，山民遂将此山称曰"无财山"。故事的寓意与"此地无银三百两"异曲同工。据清光绪二十年《高明县志》载："老香山，有云西岩，大书'无生普镜心报恩在'八字，尚存。"岁月漫漫，所书已无迹可寻，却予人遐想。当年佛门高僧云游至此，但见山势峻拔，木石有灵，遂悟一偈。老香山由是飘起一缕"感恩于心，报恩于行"的佛家文化气息。

传说和县志给老香山抹上一层神秘与玄奥色彩，而真正撼动人心的却是融化在眼前漫山遍野一草、一木、一石里的红色印记。

一步步走向老香山深处，宛如一页页翻开一部厚重的英雄史诗。脚下是一片片莽草，艰难地沿着崎岖的山路前行，这里的每一寸山地都布满当年游击战士深深的脚印。从大革命时期农民运动开始，这里便燃起革命的火种。抗日烽火起时，游击队、武工队便转战山区，成立广东人民抗日解放军部队，在崇山峻岭间浴血奋战，抗击日寇，铲奸除恶，秘密战线开展得有声有色。解放战争中，建立粤中纵队，巩固山区，挺进平原，饮马西江，瓦解敌伪政权，配合南下大军解放广东。小小山村威震敌胆，成为对敌斗争的坚强堡垒。

山峦岩石上累累的弹痕让人穿越时光隧道，重回当年岁月：战士们在群山之中日宿夜行，与敌周旋，倚仗石壁天险，出奇制胜；在天然屏障卧牛石周围摆起战壕，击退敌人无数次围剿；以牙鹰石作阵，因地制宜的游击战术每每让侵略者望石心寒；云西岩下幽深的石洞成了最佳的战地医院，疗养和掩护过无数伤病员；石门楼底深逾百米的藏枪洞，为部队北撤秘密保存枪支弹药立下奇功；战士们在皇帝床石上风餐露宿，在月亮石上慷慨高歌，为战友的离去洒下英雄泪……

肃立在石岩底村粤中纵队交通站和医疗站遗址前，历史肃然定格，厚重之门顿开，令人的思绪飞回那战火纷飞的年代。屋内，当年的桌椅、油灯、救护伤员的板床等生活用品俱在。一件件实物，一张张图片已被岁月磨蚀、熏黄，而英雄的传奇故事却没有在时光中流逝，红色的烟云在眼前弥漫，让人窥见战争年代的艰险和战士们的喜怒哀乐，听到伤病员生命垂危时沉重的喘息……

烽烟连天的岁月里，从老香山一带的小山村走出过卓越的革命家刘田夫、吴有恒、李法、郑锦波、欧初，锤炼出一批批知名或不知名，或已被淡忘的英雄志士。他们和所有革命者一起用血肉勾勒出一个时代，用生命镌刻下让人们永远铭记的历史。

历史，在时间的长河里低语盘桓。如今，那些闪耀着信仰光芒的英灵已静静安放在人们心间，一如脚下这曾经风雷激荡，曾经动人心魄的老香山，在蓝天的怀抱下，那样恬静，那样安宁……

仙坑围屋

走进仙坑村,你就走进了一个客家族群昔日的伊甸园。

村口,迎面就是八角楼和四角楼。方形的围屋,白墙灰瓦,一律悬山式瓦顶,被远处连绵的群山和近处的田野包围着。春雨正酣,乳白的云纱在墨绿色的山峦间缭绕,村落仿佛悬浮其中,如真似幻,使围屋平添了几分神秘。好一幅精妙的山村水墨图!

等你真正进入围楼,脚踩麻石地,在祠堂、天井、连廊、庭院、门楼穿行,都是直直的廊,窄窄的巷,高高的墙,围屋就是一本读不完的书。

仙坑是河源市众多客家古村中的一个,位于东源县康禾镇。大凡古村,大抵都有自己的传奇故事,仙坑村的故事就在于个"仙"字。话说古时此处水秀山明,百姓安居乐业,孰料天有不测,忽一日众妖凶神恶煞携乌烟瘴气突降,荼毒生灵,乡人苦不堪言。天神闻之赶至,仗剑降魔,驱除妖孽。为谢神恩,乡人改村名为仙坑,又把村后的山峰命名为仙峰。

400年前,一个叫叶仰东的中原人,为避战乱,和他的乡亲们一道,拖家带口,从千里之外辗转南下,最终在这片备受仙人宠幸的净土落脚,开枝散叶,在此扬起一面叶氏宗亲的旗帜。

《仙坑叶氏宗谱》记,叶氏开基始祖仰东公出身书香世家,4岁能诵诗,8岁通读四书,12岁能诗会赋。明万历年间他携眷初入仙坑时,曾向郑姓乡人借住几间老屋。他们开荒垦地,白手兴家,经两代人艰苦经营,家业初具规模,至第四代,已拥有田产2000余亩,每年收租谷数千担,上缴田赋千余担。叶家人丁兴旺,虽落籍他乡,但家学传承不断,人才辈出。占地数千平方颇有气势的回字形围屋,从康乾盛世起在仙坑傲然兀立。

步入八角楼正堂,头顶牌匾上"大夫第"三个正楷大字,仿佛在庄重地向客人讲述叶氏家族往昔的辉煌。乾隆年间,学富五车的四世祖叶本崧在朝为官,他1770年从贵州安顺五品教谕官任上告老还乡,耗资白银数万两,用16年时间建成了这座集家、祠、堡于一体的大夫第。大宅四堂四横布局,内有70多个房间,19个天井,祠堂、厅房、庭园、横屋、天井、禾坪、月池一应俱全,四角上还建有炮楼和天街,可瞭望和抵御敌贼。本崧公一生为官,最大的心愿不是衣锦还乡、光宗耀祖,而是子孙世代团聚,和美安稳地在祖屋里生活。乡间宗族械斗频起,他又在祖屋四周加建了2米厚10米高的花岗岩石墙,石墙上密布着百多个枪眼、炮眼,围屋四角又对称地筑起四座高高的碉楼,用走马廊纵横相连。土楼成石楼,四角变八角,俨然一个固若金汤的城堡。

紧挨八角楼的是四角楼"荣封第","大夫""荣封"两第相距咫尺,像一对父子相依傍。一打听,建造者正是叶本崧之子叶景亭。"荣封第"建造时间比前者晚20年。正堂上方一块硕大的黑底金字牌匾,上书"星聚一门"。"聚"的客家话谐音"七",隐喻叶门七子,团结持家。四角楼比八角楼更有气派,建有36个天井、108个房间,隐喻《水浒传》三十六天罡一百零八条好汉。南方雨水多,房屋需要精心设置井、沟、渠排水系统,景亭公将天井的水排向月池,池塘便有了活水,水满时也可向外排涝。

在围屋里穿行,常会折服于建造者的智慧。迷宫一般的大宅院,有时真会让人找不着北,但只要你以祠堂为轴心,一进一进地走,那些廊、巷、甬自然会为你引路。一条巷、一扇门、一堵墙总会忽然在拐角处出现,让你有柳暗花明的感觉。那些留住阳气又"聚财"的一方方天井,会适时地让你透透气、歇歇脚,让你时不时沐浴一下阳光和雨露。围屋的墙特别让人着迷。据说,当年夯墙所用的材料很特别,是沙、土、石灰三合土再加小石子。令人惊讶的是,筑墙时竟用糯米饭加鸡蛋清作黏合剂,还加入红糖和糯米酒发酵。当然,这说的是承重墙。如果围墙高大,则用竹片和木条做筋骨,这样垒起的墙稳如泰山。

硕大一座围屋,既要讲求冬暖夏凉生活舒适,又要顾及阴阳风水调节,既要防旱防涝防风,又须防贼御敌,这里头需要多深的学问?我想,叶氏父子当年为此一定动员了一切力量并身先士卒、呕心沥血，不然，那屋连屋、堂接堂的回形格局，那重重叠叠的厅房组合，那天井、廊巷的设置何以这般规整有度，既合理又具科学性？那抬梁式、穿斗式南北风格的梁柱架构为何糅合得如此巧妙？设计者也没有忘记在梁柱上、窗棂上用木、石、灰雕刻出各种富有客家遗风的精致图案。横梁上那一组组蜜蜂、猴子、鸟雀、梅花鹿、鲤鱼、凤凰群雕，栩栩如生，呼之欲出，看似在相互嬉戏，其实是在向你讲述一个个"封侯爵禄""鱼跃龙门""双凤朝阳"的故事，那是围屋的先祖对后辈的美好期盼和深情祝福。

　　雨还在下，我走出围屋，回头望去，这座曾让一个族群上演过无数忠、孝、仁、义、爱故事的和睦家园，这座曾维系了一个宗族世代精神的坚实堡垒，如今，岁月之笔又令她焕发出新的光彩……

美鲈梦

古珠海斗门村位于虎跳门"泄洪出海口",故名斗门。村侧有白石公山,相传始祖林氏抱山蕉树浮海到此山定居,故曰白蕉。

地处南海之滨的白蕉镇,西连黄杨河,东接磨刀门水道,远眺狮子洋。如今,当年的白石公山已不复见,茫茫的河海滩涂已成绿洲良田。山河岁月,东海扬尘,天翻地覆,换了人间。

一

今天的白蕉,历经了千百年凤凰涅槃式的蝶变洗礼,农渔经济扬帆高歌,在乡村振兴战略的引领下,正创造出前所未有的奇迹。行进在这片 600 多平方公里的土地上,徜徉于纵横交错的路网、鳞次栉比的高楼和连成片的河塘之间,你会忽然发现自己正被一种时代的气流簇拥着,一股股热辣的风扑面而来。热辣来自这里搞得风生水起的海鲈产业,而灌注其间的"创新、协调、绿色、开放、共享"海鲈经济发展新理念,宛如春天阳光般暖人心扉。

这是一块天赐的富饶福地,咸淡水在此交汇,海产品十分丰裕充盈。当年白蕉先人林氏抱蕉在此落脚,南粤族人纷至沓来,中原移民徙迁而至,为的正是咸淡水里那特别肥美鲜活的海鱼和生猛的河虾海蟹。旧时的水居人被称作疍民,浮生江海,随波逐流,虽鱼虾鲜活,生活却苦不堪言。他们将海水般苦涩的劳动号子化作希望的歌谣,去慰藉在风浪中挣扎的灵魂。而今,白蕉人早非"江行水宿寄此生"了,他们在一眼望不到边的海鲈养殖场上耕鱼,看海鲈龙门鱼跃,听水花滴答声声。那一曲曲发自内心的欢快咸水歌浅唱低回,宛如与鱼儿诉说绵绵的情话。河塘上一派"唱晚渔歌醉落霞"的美景。

百舸争流,奋楫者先。这盛产于广东、福建、山东、浙江沿海水域的海鲈,自20世纪六七十年代起一经引入咸淡水人工养殖,便发展喜人。80年代,这寄托着渔农美丽梦想的海鲈,也游进了白蕉人的鱼塘里。经过两代人破釜沉舟式的奋力深耕,如今,图腾蜕变,白蕉人中流击水,后来居上。眼下,白蕉的海鲈养殖面积已达4万多亩,年产量近15万吨,产值超28亿元,已发展为全国最大的海鲈生产基地,不但是珠海农渔经济强劲的支柱产业,还成为粤港澳大湾区一张亮丽的"菜篮子"名片。就是这么一条条小小的鱼,缔造了一个"亿元村",培育出近百亿规模的大产业,开创出一条渔农致富的阳关大道。

这是一条鱼造福一方创下的奇迹!

二

在昭信村,在白蕉,在斗门,甚至在珠海,如果你跟人天南海北地聊天,人们很容易就会聊起海鲈的故事,这不仅因为海鲈在这里是非比寻常的"明星",价高抢手,是带领大家脱贫致富的"希望鱼",还因为这鱼的肚里有内涵、有故事,是"千年文化名鱼"。

海鲈在鱼类中身世显赫,堪称"贵族",在中国几千年的鱼文化舞台上始终出类拔萃。作为人们信仰与崇拜的象征,它和各种鱼类图腾一起,早就进入了人类精神生活的天地。

说起来,这条名鱼的"文化内涵"又何止千年?早在公元1世纪左右,汉时谶纬类典籍《春秋佐助期》便载:"吴中以鲈鱼为脍,苑菜为羹,鱼白如玉,菜黄若金,称为金羹玉脍,一时珍食。"该书为神学说,言帝王,说天命,奉神灵,预示凶吉,而美鲈入典,可见2000年前它已闻名遐迩,在中国传统民俗文化谱系中占据一席之地。

北宋中医经典《嘉祐本草》及明《本草纲目》两书均将鲈鱼入药,可谓老祖宗有识见。李时珍更是描鲈入微:"黑色曰卢,此鱼白质黑章,故名。淞人名四鳃鱼。鲈出吴中,淞江尤盛,四五月方出。状微似鳜而色白,有黑点,巨口细鳞,有四腮。"《本草纲目》收录药物近2000种,动物类相对不多,海鲈入药圣法眼,可见其价值。

而南宋杨万里的《松江鲈鱼》写鲈亦颇尽其状，惟妙惟肖："鲈出鲈乡芦叶前，垂虹亭上不论钱，买来玉尺如何短，铸出银梭直是圆。白质黑章三四点，细鳞巨口一双鲜。秋风想见真风味，祇是春风已迥然。"诗人竟在春天鱼幼时就开始想鲈的风味了，盼望着秋天鲈鱼起网的景象，可谓一绝。怪不得江浙吴人将松江鲈进贡隋炀帝时，帝尝后惊曰："金齑玉脍，东南佳味也。"而清康、乾二帝尝后亦大呼"天下第一鱼"。尝尽山珍海味的帝王竟对鲈鱼交口赞赏，可见鲈鱼的美味。

在晋代，海鲈的故事被赋予了更深的意蕴。南朝宋刘义庆在《世说新语》中记：西晋时张翰为官洛阳，秋风萧瑟时，因思念吴中老家菰菜羹、鲈鱼脍，于是赋《思吴江歌》。"秋风起兮木叶飞，吴江水兮鲈正肥。三千里兮家未归，恨难禁兮仰天悲。"诗罢长袖一挥，辞官返乡。为一顿鲈鱼脍而赋归，"莼鲈之思"成为后世一典。

而范仲淹、白居易、苏轼、李贺、辛弃疾、李白、杜甫、屈大均……历朝诗词文豪大家吟鲈、颂鲈、啖鲈的诗词歌赋不可胜数。为那美鲈，在思乡中寄情，在孤荒里怀想，在觥筹交错时咏唱，在季节轮转间冀盼，那故园之情、退隐之念、爱恋之心全系于一条鲈鱼……

三

走进白蕉，你就走进了海鲈的故乡，走进了白蕉人的美丽梦境。海鲈这生性凶猛的鱼，从深邃浩瀚的海洋到了沿海咸淡水交汇的湖湾,来到了白蕉连片的河塘里,告别澎湃与粗犷,阔别海浪的轰鸣。环境令它改变了秉性,但它身上的奇妙与矜贵完好地保留在白蕉人美丽的梦想里。

在白蕉人眼中,海鲈是最美丽的。你看它,体长侧扁,腹背钝圆,吻尖、口大、牙小、鳞细,背青肚白,通体闪现银灰的光,而背上的黑色斑点最让人浮想联翩。春暖花开的时节,又该是落苗开春的佳期了。那成片成片的河塘边上,早已备好一箱一箱的鱼苗,人们也早已准备就绪。随着那串串的欢声笑,鱼儿徐徐落入塘中。一落入水,它们就开始嬉戏欢腾,荡漾起一池春光。增氧机这时也欢唱起来,溅起朵朵浪花,仿佛奏响一曲曲春的旋律,给那注入新水的河塘带来无限生机。像精心养育自己的孩子一样,白蕉人又开始了十月怀胎般的对生命的美好期盼。

白蕉的秋天不是金色的,而是银灰色的。中秋一过,根本就不曾平静的河塘便愈加热闹,白蕉又进入收获的季节。蓝天下,那绿色的河塘,泛起一派耀眼的光。白鹭在水面回旋低飞。在这里,秋冬的风依然温暖湿润,还略带一点磨刀门水道咸咸的味道。鲈鱼在20多摄氏度的水温中经过大半年的生长,这时已丰腴可人。张网刮塘正当时!只见十几个人在塘里张罗开了,把网沉入塘底,一端固定在塘边,四周慢慢收拢,网越收越窄,鱼在网中欢蹦乱跳,噼里啪啦,激起簇簇水花。鱼儿们舞动起一身银灰色的光,忽闪忽闪。一网可获4万斤鱼,一塘鱼至少拉3网,那就是十几万斤!这时,带着冰块的大货车早已排列路旁等候,人们笑逐颜开地吆喝着,搬运,装车……白蕉4万多亩纵横交错的河塘上,这样的丰收景象要从每年的10月一直延续到来年的1月呢!

四

鲈鱼肉质细滑,肉味鲜甜,自古是人间佳肴,无怪乎唐代伟大的现实主义诗人白居易歌曰:"斜日早知惊鹏鸟,秋风悔不忆鲈鱼。"退隐田园的李贺唱:"鲈鱼千头酒百斛,酒中倒卧南山绿。"报国无门的辛弃疾则吟:"秋晚莼鲈江上,夜深儿女灯前。"苏辙也诵道:"秋风且食鲈鱼美,洛下诸生未可招。""田深狡兔肥,霜降鲈鱼美。"……诗人们歌不尽的是江浙吴中那被冠以媳妇鱼、花鼓鱼美名的松江鲈,爱得深沉的是那莼羹鲈脍。松江鲈固然是一条美鲈,莼菜鲈脍也是一道上好的菜,但若诗人们有知今日的白蕉海鲈,又该如何歌吟颂唱呢?

养殖于南海之滨的白蕉海鲈,自有其不同凡响之处。鱼类是生于水中之物,自然苛求水环境,海鲈更甚。白蕉的气候、水温及水的咸度特别适合鲈的生长发育,海鲈在这里无须人工越冬,生产期更长。白蕉养殖业又素以"勤换西江水,投喂鲜鱼仔"为宗旨,繁殖、培育有如天生天养。天然环境加上精心的人工饲养,令白蕉之鲈无与伦比,恐怕康乾二帝有知,亦会将之追称为"天下第一鲈"。

而生于斯长于斯的珠三角人,又谁不是海鲈美食家呢?当大伙面对一盘白嫩、清香、无腥,肉似蒜瓣的清蒸工夫鲈,齐齐讲句"哗,果然白蕉鲈靓",便再不奢谈,早食指大动,大快朵颐了。其实,对于海鲈,这里的人们不仅爱吃会食,还嘴刁,喜欢挑肥拣瘦地品尝,所以不少人是海鲈的烹调高手。在他们手里,一条鲈鱼不仅能上演出各种清蒸法,还会像魔术一样变成多种多样的菜式,令人垂涎。分门别类地细致将海鲈的各个部位施以炆、煎、爆、炒、焗、炖……一桌丰盛的、富有浓郁粤味特色的白蕉全鲈宴就登台了。不用说,这白蕉的美鲈绝味诱惑,肯定会让白居易们乐不思归!

五

人们常说,白蕉天赐之地出产极品海鲈,其实这话只说了一半。白蕉的海鲈之所以成为极品,除了这里的气候和水质乃天赐外,还因为白蕉人在选址、培育、吊养、投食和管理上的用心与智慧。天然环境加上不懈的奋斗,成了白蕉美鲈的养成之道。

回顾白蕉的美鲈养成史,那隆隆的脚步声不绝地在耳边回响……20世纪80年代末,这里便开始有人捕捞野生海鲈苗进行人工养殖,后来引进黄海七星鲈苗到本地,养出的海鲈特别肥美。"一条鲈鱼一箩谷"成为当时的斗门佳话。2006年,"白蕉海鲈"被载入《广东年鉴2006》。随后白蕉人开始大规模养殖海鲈。以2009年国家批准对"白蕉海鲈"实施地理标志产品保护、2011年白蕉被评为"中国海鲈之乡"为标志,白蕉海鲈一路叱咤中国农业风云榜,连续多年获评入选各种国家农产品品牌、名录,白蕉被选入国家级特色农产品优势区，令珠海市一举捧得"中国海鲈之都"美誉。2020年"白蕉海鲈"载入第一批全国名特优新农产品名录……白蕉人30余年砥砺前行，海鲈养殖业实现了一次又一次跨越式的飞跃。

珠海是中国海鲈之都，白蕉是中国海鲈之乡，珠海与白蕉，已然在中国农业的多个维度上获得了至高荣耀。但白蕉人谦逊地说："百尺竿头须进步，十方世界是全身。"面对海鲈竞争激烈的市场，白蕉人却又雄心勃勃地说："鲈翔浅底非池物，一跃西江便化龙。"

在东经113°05′至113°25′、北纬21°59′至22°25′这块全国最大的海鲈水域生产线上，白蕉人已摸索出一整套精耕细作的生产、经营和销售模式，正发挥品牌优势的威力，紧锣密鼓地构建集种苗、繁育、养殖、生产、加工、仓储、冷链运输及贸易于一体的完整现代产业链。一曲曲乡村振兴的动人乐章已经奏响。一个个关于美鲈的精彩故事从珠三角传扬到港澳台，传扬到全国十几个省市，向五大洲30多个国家播放。故事里穿行着白蕉人坚定向前的时光脚步，透视出珠海福地的人文精神和时代风姿，闪烁着市场竞争中渔农们开创新生活的精神和智慧。

"金麟岂是池中物，一遇风云便化龙。"2025年国家品牌战略长卷已徐徐展开，从传统鱼文化精神中吸足了养分的白蕉人，在繁荣广东农村经济的舞台上扮演主角。他们怀揣着布局全国、走向世界的宏图大略，在"中国海鲈之都"，带着护航者的殷殷期望，正演化成龙，在那美妙如诗的海鲈梦里翻飞遨游……

辑五　老城人事

生命的苦难与辉煌

这是我家族的一个真实故事。

1909年一个初夏之夜,在广州珠江北岸一座前清破落汉八旗后裔的大宅院里,一个女婴呱呱坠地。19年后,出落得花一般的她,满怀青春少女的美丽梦想,告别母亲,告别养育她成人的珠江河,随丈夫匆匆踏上了去往云南纳西族故乡丽江古城的路。而婚后两年,她才慢慢撩开丈夫神秘的面纱。原来,丈夫早年就读于云南陆军讲武堂,并在大时代的洪流中,投身革命,挺进北伐,并英勇地打响了枪声……

这个少女和她的丈夫便是我的姑姑和姑丈。

离开广州后,姑姑再也没有回到过生她养她的故土。31年后,带着无尽的凄酸与悲凉,在云南高原那片苍茫的大地上,姑姑含恨撒手尘寰,仓促走完了短短50年人生岁月。而抗战爆发后,姑丈再度从丽江出征,转战南北,深入敌后,在抗击日本侵略军的战壕中为国壮烈捐躯……

  我的姑姑，用她柔弱的身躯与命运不屈地抗争，从不低头。我的姑丈，为建立新中国戎马一生，用一腔热血出生入死，写就初心，他们各自以生命的坚忍和顽强面对岁月的苦难，铸造生命的辉煌，他们的生命之轻与生命之重，留给子孙亲人们一种永恒的光、永恒的爱和永远的痛……

  这是一个沉潜久远却没有被尘封的真实故事。故事始于珠江之畔，始于动荡的大革命年代，始于那个年代人们向往光明的浴血追求，始于一个汉族姑娘和一个纳西族汉子的纯洁爱情。而正是有了这种种的起始以及后来的不可逆转，我们家才会与革命先烈、为国捐躯以及生命之痛这类字眼有了某种意想不到的关联，才会与云南丽江那片神秘土地有了一种刀割不断的牵扯……

  1927年早春，一个身穿粗布长衫、身材魁梧的青年人，手提一把雨伞和一个西式皮箱，来到广州珠江北岸，走进了靠近岸边的一条被茂密榕树遮蔽的青石巷。年轻人看上去虽不像本地人，但似乎对这一带已经熟悉了，他很快便在巷内租了一所古旧平民宅院的后房住下。这所古旧的宅院就是我的祖母和她婶母们共同的家。祖母18岁就从北平跟随当英文教员的祖父南下广州，她住在这所清朝破落汉八旗后裔的大屋里差不多有20年了，并在此生下了儿女四人。祖父的先祖们曾有过辉煌，金戈铁马，文韬武略，为朝廷立过汗马功劳，然而时移世易，今已物是人非。丈夫早逝后，家境就渐渐变得如这所宅院一般破败了。虽然从富足沦落清贫，大女儿阿银，也就是我的姑姑还是幸运地追逐到原先殷实家庭的尾巴，幼时受到良好教育。而此时家道的中落，使还未成年的她不得不与母亲一道，从早到晚忙着做织绣洗染之类的手工活，以此帮补家计，养活自己和弟弟们。

尽管那时过的是清苦日子，姑姑那颗充满幻想的少女之心却没有被艰难岁月磨蚀。不知从什么时候开始，姑姑被这位年轻房客的倜傥和学识吸引住了。她常常趁未有活或母亲外出接送活儿的当口偷偷来到宅院后房，听他侃侃而谈。年轻人告诉姑姑，他叫和柱臣，来自云南丽江，是纳西族人，到广州来是做生意，此外就再没提及自己的事情了。姑姑从来没听说过纳西族，就兴致勃勃地问，他就不厌其烦地答。姑姑发现他特别喜好品评时政、褒善贬恶，有时讲到激动处时就霍地站起，紧握双拳，在狭小的房间里噔噔噔地来回走动。那目光、那架势、那劲头，简直就是一个敢于为民请命两肋插刀的英雄。每逢此时，姑姑就一边咪咪地笑，一边调侃他：你真想做大英雄啊？好啊，就让你这个纳西族的大英雄去救我们吧！虽然姑姑对政治并不十分感兴趣，却佩服他的见识，被他阳刚的正气和他描述的新世界吸引，以至常常忘了回房吃饭，甚至忘了已是夜阑人静。为此，祖母曾不止一次地提醒姑姑："女儿家要懂得矜持，不要过多与生人说话。"姑姑喜欢咬文嚼字，就问祖母："怎样叫过多啊？都成了你的房客了还生分啊？"祖母就瞪她一眼，说："嘴硬！女儿家有像你这样老往人家房里钻的吗？羞！"

那时正值四一二反革命政变前夕，广州城风雨飘摇，兵荒马乱。祖母虽然是个未正式念过书的传统旧式女人，但婚后受到过知书识礼的丈夫熏陶，懂得待人接物，更知道要带眼识人。她察觉来找房客的人总有点异样，而房客有时几天不归，有时又与他的朋友神秘兮兮地整天关起门来，仿佛有什么不可告人的秘密。敏感而慈祥的祖母当然不会去查根问底，但却要管住自己的女儿，她不想女儿与外界发生什么关联，更不愿看到女儿和这名叫和柱臣的房客产生一丝半缕的瓜葛。当她渐渐发现女儿对男房客有了倾慕之心后，曾经叫女儿到跟前来，脸带愠色地训斥了女儿一番。而就是在那次教训之后，姑姑心里那苗儿反而仿佛一夜之间长粗长壮了。那天，她忽然走到母亲面前，平静地说："妈，我真的中意上他了！"祖母一下就来气了："他只是个租客、过客，你知道不？"在关乎女儿终身幸福的大事上，祖母当然不会随便让步。姑姑随后采取了沉默对抗的方式表达不满。祖母苦于姑姑三天三夜不下阁楼和不吃不喝，最终被搅得心烦意乱，疼爱女儿的她也选择了沉默。女儿的沉默是对抗，而母亲的沉默在女儿看来与默认和屈从又有什么区别呢？聪明的姑姑捉摸到了祖母有软下来的意思，于是就大胆地向和柱臣说白了。那些天，姑姑的心情像春天的红棉花一样盛开了，干起活来都是美滋滋的。

对于姑姑恋爱这件事，祖母心里头是反对的。记得我懂事之后祖母就曾经对我说过，她说她那时的心情就好像家里突然闯进来一个斯文的蒙面人，看不清来人的面目，不知道来者的来头，说不出是凶还是吉。

就在祖母默许姑姑恋情不久后的一天夜里,一件令全家人为之震惊的事情发生了。那天深夜,忽然传来急促的敲门声,祖母跑去开门,却被眼前的景象吓呆了,和柱臣带着两个陌生人一身戎装赫然站在门外,陌生人腰里好像还别着把黑黑洞的枪。几个人低声向祖母点头打招呼后便匆匆走进房关起门来,随后便听到压低嗓子窸窸窣窣的说话声。祖母被吓出一身冷汗,她赶紧把姑姑唤醒,声音颤抖着:"阿银,他,他和抓枪的是一路货啊!真是撞鬼了,撞鬼了!"继而又呵斥女儿道:"不准嫁军人!难道你就甘愿一生一世跟着一个行伍男人,跟着他在枪弹炮火中滚打?跟着他去走天涯,跟着他去送死吗?"祖母从来没有这样凶地呵斥过姑姑,声音把隔壁房间的婶母们都惊醒了。大家纷纷跑来劝说,此时的姑姑像一只受惊的小鸟,蜷缩在床角,无比委屈地呜呜哭起来。

翌日,祖母等人当面询问和柱臣夜里的事,和柱臣倒是一脸歉意:"那两位都是我的好朋友,是保护百姓的好人,事急了找个地方说说话。请大家不要怕,下不为例,下不为例。"他再次表示自己只是个生意人,有一笔生意正与他们谈,还说当月租金可以多缴。和柱臣虽然如此这般安抚众人,但宅院里的人又怎会不惊怕呢?那是一个兵荒马乱的年代啊!祖母等人对他的话虽说半信半疑,但又能拿人家怎么办?难道真要将租客扫地出门?唯有告诫不能再有下次,再有下次再多租金也不租了。

几天后的一个黄昏,和柱臣约姑姑来到珠江边。在姑姑与和柱臣相恋的日子里，不知是怕祖母不高兴还是别的什么原因，他们是绝少单独约会外出的。姑姑曾经硬拉软缠哄和柱臣到过江边一次，那次还是姑姑主动牵了和柱臣的手。和自己的心上人手牵手漫步在珠江堤岸，看着夜幕降临时两岸渔船上慢慢升腾的炊烟和点点渔火，对于姑姑和这个离乡背井的青年人来说是一件多么愉悦并奢侈的事啊！但那次只走了不到一里路，和柱臣忽然说有急事得先走，就匆匆赶船到珠江东面的黄埔岛上去了。那次浪漫的牵手成了姑姑心底仅有的美妙回忆！而这次，是和柱臣主动约姑姑到珠江堤岸来的，他微笑着对姑姑说，和她一起看珠江水，会有一种很特别的感觉，会使自己想起遥远而美丽的故乡，想到流经故乡的金沙江，可金沙江要比珠江汹涌澎湃多了。望着静静流淌的江水，他告诉姑姑，明天，他就要离开广州了。至于要到哪儿，去干什么，他都没有透露。但他向姑姑说他一定会再来广州的，一定会回来娶她的。江风轻轻掀动着姑姑长长的秀发，两人凝望着黑沉沉的江水，然后深情地对视良久。姑姑记住了这个男人说的两个"一定"，她想到明天就要分离，无限感伤袭上心头。末了，他俩相拥在了一起，姑姑第一次对自己的恋人流下了惜别的泪水……

和柱臣的离去，让这所古旧的宅院又恢复了往日的平静。如前面所说，祖母对姑姑这场恋爱是不赞同的，所以在和柱臣离开的这段日子里，祖母就抓紧时机劝说她的女儿，想让女儿回心转意。她几次三番苦口婆心地劝姑姑："阿银哪，这事你一定得听妈的话，妈行桥比你走路多。妈是为你好，为你日后嫁个好人家啊！你还不懂妈的苦心吗？"姑姑当然懂得自己母亲的苦心，但那时她对和柱臣的爱就如她每日的刺绣洗染一样，图案已绣织在缎上，白布已被染成红布了。祖母一次次地教，一次次地劝，又一次一次看到泪眼汪汪的女儿眼中流露出的执拗，祖母无语了。她知道，那个陌生的外族男子已经彻底偷走了女儿的心！终于在一个早上，祖母将姑姑叫到跟前，含泪说："阿银，你长大成人了，走好自己的路吧。"

和柱臣没有违背诺言。在从祖母家消失两个多月后的一个萧索的秋日，他又敲响了这所宅院的大门。如祖母所料，和柱臣住下不久，便向祖母提出要娶姑姑的事。这事传开，祖母一家以及宅院里的亲戚都没人感到意外，心里倒有几分欢喜。但喜悦之中又夹杂着沉沉的疑虑和忧心。就是在这样的忧喜参半中，10月底的一天，姑姑成婚了，据说那还是祖母在无奈之下择的吉日。婚礼是极简单的，新婚之夜，鞭炮声中，和柱臣的朋友们都来道喜了。在珠江边，他们"砰砰砰"地向天空开着空枪助兴，祖母吓得一把搂住姑姑："阿银，不要嫁，不要嫁了！耍枪弄炮的成何体统啊！"说罢搂紧女儿哭了。姑姑不知道是因为高兴还是受祖母的感染，也搂着祖母抽泣起来。和柱臣慌忙上前劝慰道："不要怕，不要怕，他们是闹着玩呢，开枪当鞭炮，是为我们贺喜啊！"

两个月后的一个夜里，广州街头突然枪声大作、炮声如雷，顷刻间满城血雨腥风。丈夫几天前就已不知去向，此时更是消息全无，姑姑的心提到喉咙，一家人战战兢兢地听着广州城彻夜的枪炮声，此刻能够做的唯有相互安慰，默默祈祷，祈求上天保佑一家平安，和柱臣早早归来。一家人惊惶不定守到天明，后来才知道这是广州起义。

和柱臣一夜未归，并且此后数十日杳无踪迹。这成了祖母一家一个沉重的阴影。那些日子，祖母没有埋怨和斥责姑姑，而是吩咐姑姑和那时已满15岁的我的父亲与两个尚年幼的叔叔严守此事，对外一概说他到湖南做生意去了。一家人不得不把所有的惶恐扛住、压下，深深埋藏在心底。

丈夫还能回来吗？他还在人世吗？他究竟是什么人？尚在花季的姑姑终日以泪洗面，无数次地向天叩问。

其实，那时，在这所古旧的宅院，在这条深深的榕树巷，我们家族内的亲戚们，也包括和柱臣远在云南丽江的亲人，都无从知道他的真实身份和他所做的一切。至于我的祖母，以及从恋人变成妻子的我的姑姑，或许会从某些蛛丝马迹中猜到和柱臣所做的事会与什么造反、什么革命有关，别的就什么都不知道了。但即便如此，也已足够让一个平民家庭惶恐不安了。

数十日后，也就是1928年春节前几天，和柱臣突然回家了。他身上穿着西装，头发油亮油亮的，手里提着行囊，一副新晋商人打扮。他说自己是从家乡回来的，还带来了好些土特产，并说做生意赚了钱，这次是特别到广州岳母家来过年的，节后就要带妻子回老家去。广州太动荡了，而他老家云南丽江那儿倒是一片平静的乐土。

对于祖母一家，和柱臣的回来真如喜从天降。祖母进进出出忙着准备年饭，姑姑拉他上街去剪上等的洋布，为他缝制过年的新衣。而他则带我父亲和叔叔上街买年货，一家人就这样热热闹闹地过了一个年。那阵祖母和姑姑好像都不想再去查究他的过往，只要人能平安回家就万事大吉了。但是对于要带姑姑回丽江这件事，姑姑本人是愿意的，祖母却是不应承。虽说祖母是个通情达理的人，自己也是18岁就离家，但她不想女儿走自己的老路。儿女是心头肉，哪个母亲愿意自家儿女远走他乡呢？可事情的发展与祖母的意愿相违。春节过后没几天，和家忽然来了人，说亲家老爷年前患了伤寒病，数天后竟不治仙逝，催姑丈姑姑夫妻速回丽江奔丧守制。为此，祖母只好无奈让了步。

1928年的元宵过后，姑姑告别了母亲，告别了养育她成人的珠江，告别了她生活了十九载的榕树巷，与丈夫一道回到他云南纳西族的故乡丽江古城。

和柱臣的家在当地是个殷实的书香大户。他的母亲早年病故，父亲续弦。姑姑到丽江时见到的婆婆就是丈夫的继母聂氏。按照当地的族例家规，守制要在家守三年孝，姑丈只得在就近的县城中学当了名教书先生。

自姑姑踏入和家开始，不知怎的，婆婆对她就没有过一天好脸色。婆婆是家中最年长的长者，家中里里外外迎来送往柴米油盐一应大事小事全由她说了算，俨然一个"慈禧太后"。她整天不是找理由凶巴巴地训斥姑姑，就是训斥儿子：你在哪儿野地里捡了这么个野女子！她还天天嚷着要姑丈娶回原先的"阿注"女子（和柱臣早年曾遵循纳西族传统，有着"阿注婚姻"，不久双方解除关系）。作为一个外族女子，姑姑在和家仿佛矮人三分，无甚地位可言。任凭她对婆婆孝敬有加，把家里的粗活揽下不少，也没能讨到婆婆欢心。姑丈把这些都看在眼里，但也拿自己的继母毫无办法，唯有寄望于时间去改变现状。祖母来信问候时，姑姑把这一切都给隐瞒了，但敏感的祖母似乎还是从姑姑的字里看出了点什么，再来信追问。每逢此时，善良的姑姑就会悄悄躲在房里默默地流泪，泪流干了就安慰自己，就像丈夫安慰自己那样。姑姑深知，丈夫内心是痛苦的，他深爱着自己，但是个孝子，不敢违抗母命，无法改变家族礼教的现实。而让姑姑感到欣慰的是，夫妻间没有改变过去的恩爱，丈夫每晚从学堂归来，总会对自己嘘寒问暖，话特别多，就好像愧对妻子，要加以补偿，还常常给姑姑带回她喜欢的东西。姑丈对姑姑说，他这辈子即使用千般的爱来偿还妻子，也是还不完的。

转眼数年，姑丈脱孝后仍旧留在家乡任教，婆婆虽然对姑姑的态度无多大改变，但关起门来小夫妻日子还算过得安稳。姑姑此时已陆续生下了几个儿子。也就是在这段惬意的日子里，姑姑才真正了解到丈夫的过去。

原来，姑丈原名和中立，柱臣是他的字。他中学毕业后就考入云南陆军讲武学堂，毕业后在滇军唐继尧部任职。1925年，他随滇军首次出师广东，姑姑知道这一切之后，就将姑丈身上藏的这些过去的秘密告诉了祖母。祖母回信说：是皇天保佑我们家躲过一次又一次的劫数，也让他逃过无数劫难，既然现在他心归持家了，你就好好在家相夫教子吧。姑姑知道丈夫常向他的学生宣传爱国为民的道理，勉励孩子们用功读书，出校后要为国效力。但姑姑没去查问丈夫这些年在家乡教书，是否是受指派而潜伏下来。我想，那时，姑姑一定非常珍惜和满足于眼下与丈夫在一起的日子，不想知道得太多。毕竟，姑姑为了爱，为了这个家，已忍受了太多的咸苦。

然而，姑姑与姑丈的这段恩爱日子没几年就结束了。那是1937年七七事变后，那天，姑丈从学堂回来，向家人说起欲出征抗日的想法。当时家中长辈们一听就有异议，反对的当然不是他要抗日，而是他要离家。其实，姑丈有投笔从戎的想法绝不是出于一时的义愤，早在九一八事变时，姑丈在家中就曾义愤填膺地挥毫写下过"还我河山"四个大字条幅，挂于中堂。

那段日子，姑丈整天给家人反复晓以"国难当头，我辈应义不容辞，有国才有家"等大义，但谁也说服不了谁。到了那年冬季，上海、南京等国土相继失陷，姑丈再无法待在家里了。他将妻儿托付给大伯父代为照看，毅然离家奔赴抗日战场。那时是1937年的隆冬，姑丈参加广州起义回丽江后的第十个年头。

姑丈离家时的情景，当年年仅5岁的我的二表哥直到今天还记忆犹新——那是一个大雨滂沱的日子，姑丈牵着一匹白马上路了。姑姑和孩子们披着蓑衣穿街过巷一直把姑丈送到野外。一路上姑姑眼圈泗红，姑丈却和孩子们一路说话。分手时，姑姑终于忍不住背过面去哭了，姑丈上前搂着姑姑的肩膀，那一瞬间似乎眼睛也红了，却没有流下泪水。他很快弯下腰双手将孩子抱起举过头顶，嘴里嚷着、笑着、逗着。他的开心装得多像啊！姑丈在雨中跃马挥手告别，举鞭猛抽马屁股，然而马儿就是愣愣地立在那儿不肯动，好像懂人性似的。姑姑不忍看这一幕，赶紧扭头领孩子们离去。而此时二表哥却闹肚痛，蹲在野地里拉起了大便。一会儿，他看见姑丈骑着白马又转回来。二表哥高兴得一边提裤子一边大叫：我爹回来了！我爹回来了！原来附近的河水疯涨，马蹚不过去。姑丈叫他别声张，要找个浅水的地方蹚过河，不然就赶不上部队了。望着父亲雨中策马又一路远去，二表哥顿时大哭起来。那时，在二表哥幼小的心灵里，有一种不祥的预感吗？他深怕不能再见到父亲吗？

1939年，对于姑姑一家来说真是天崩地裂的一年。春夏之交，麻疹病魔肆虐丽江，姑姑年仅三岁和一岁的两个儿子不幸患疾，随即又并发肺炎，相继离世。三天连失两骨肉，姑姑悲痛欲绝。9月的一天，两个表哥在家门外玩耍，邮差送信，哥俩知道又是爹来信了，欢天喜地上前抢着将信拆开。信中抖落一张小照片，大表哥高兴地嚷起来："妈，爹来信了，还有照片！"他赶紧递给姑姑看，姑姑一看就失声恸哭："儿啊，你爹他……他……"信寄自江西奉新抗日前线，内有一封公函和一张《抗日阵亡将士证明书》。姑丈牺牲在抗击侵略者的战场上了！那张小照片竟是姑丈在军中的遗照！母子三人顿时跌坐地上，抱成一团，恸哭不止，哭声震天动地……

1924年跨出云南陆军讲武堂大门的姑丈，立下精忠社稷的凌云壮志，一腔热血追随革命，东讨北伐，南征北战，在国家民族存亡的危难关口挺身而出，浴血奋战，叱咤风云铁马啸，最后英勇牺牲在抗击日军的战壕中，年仅40岁！战友在他牺牲时的衣袋里发现了一个小本子，首页用工整楷书抄录曹植诗《白马篇》。诗中数句正是和柱臣弃笔从戎，为解除国难视死如归的精神写照："弃身锋刃端，性命安可怀？父母且不顾，何言子与妻？名编壮士籍，不得中顾私。捐躯赴国难，视死忽如归。"

姑丈为国捐躯那一年，也是姑姑从广州跟随姑丈到丽江的第11个年头，半年间数祸连降，痛失爱夫和两个爱儿，姑姑所经受的是什么样的人生劫难啊！那一年，姑姑也才30岁。

痛失丈夫后，姑姑的日子是凄苦的。曾有好心人劝姑姑趁年轻再走一步（即改嫁），但姑姑不肯。她抽泣着说，再嫁就苦了孩子，这苦、这痛要由自己一个人来承受，再怎么苦也要将和家的两个孩子抚育成人。那时，和家也只剩下些无人租耕的山田，家道中落，甚至连房子都要租住，姑姑一家生活无着。也许是她的话太感动人，有人介绍她给附近修滇缅公路的职工煮饭，给七里八乡的人洗熨衣服。姑姑走出和家，踏着丽江的山山水水，操着半咸不淡的纳西族土话，进出无数道纳西人的家门。高原猛烈的阳光将姑姑的皮肤烤得黝黑，风沙又将其磨砺得粗糙，她看上去已经与本地的土著无异，与十多年前广州珠江边榕树巷那个天真烂漫、细皮嫩肉的阿银姑娘判若两人。其实，姑姑最大的变化是心境的改变，她心灵的伤口已无法愈合，心仿佛永远跟随亡夫和亡儿去了！

远在广州的我的祖母知道这一切时，已经是抗战胜利后了。但当祖母写信给姑姑诉说内心的哀痛时，姑姑在回信中反而安慰祖母，说自己的生活还算过得去；母子平安，两个儿子早已读书，凭《抗日阵亡将士证明书》可免交学杂费。后来祖母才又知道，姑姑某次外出打工时，不慎跌倒，右手肘骨折，愈合后手肘落下弯曲状残疾，经常疼痛发作，两个儿子因此常帮姑姑挑水、洗熨衣物，母子三人相依为命，生活极其艰辛。而两年后，忽又传来噩耗，大表哥因患急性肾炎英年早逝。姑姑悲痛万分，发誓为保住和家的独苗，自己一定要坚强活下去。祖母含泪催姑姑寄来照片，照片中的姑姑，掩盖不住憔悴的面容和一头花白的头发，皱纹也已爬满了脸颊，姑姑的老相让祖母大感意外。那年，姑姑才36岁啊！36岁的女人，应该是最活络、最睿智、最光彩动人的啊！

20年后，我在祖母的柜子里看到过这些泛黄但保存完好的信件，发现信笺上有不少字迹模糊的地方。我不知道那是姑姑在给祖母写信时泪水把字迹沾湿，还是祖母看信时泪水将姑姑的字迹洇糊，或是两人的眼泪混在一起了……

不知是姑姑太劳碌奔波还是别的什么缘故，之后几年，姑姑没了音信。1956年农业合作化运动后，姑姑被召回生产队监督劳动，她被长时间派去修水库。在一次爆破中，姑姑躲避不及，被无情的飞石击中要害，在被送去山外简陋医院的途中，带着无尽的辛酸与悲凉撒手人寰！经历了无数人生劫难和精神摧残，姑姑在踏足丽江31年后，仓促走完了短短50年人生的悲凉岁月。那是1959年夏天的事。

二表哥知道姑姑去世的消息时已是第二年的5月。表哥含泪收拾遗物时，发现了姑姑一直珍藏在衣物里的一枚心形戒指，那是姑丈当年送给姑姑的定情物，还有一叠已经字迹模糊却叠得整整齐齐的寄自广州祖母家的信。姑姑竟将二三十年来祖母寄去的每一封信都完好地保存了下来！姑姑身故后并没有留下什么物质财富，却留下了一份她对丈夫、对儿子、对亲人的深沉质朴的爱，让儿子对一个逆境中受尽凄苦却坚忍善良的母亲永恒怀想。

1960年夏天，时任云南武定县委常委、县工业部部长的二表哥和汝澈趁出差机会来到广州，找到了我们家，第一次见到了广州的亲人，那年祖母已70岁。他向祖母诉说他所知道的父亲的一切，诉说母亲在丽江那些辛酸的日子，诉说自己心底的所有委屈与悲伤。祖母搂着表哥，眼中噙满泪水，泣不成声，只是一味摇头哽咽：都是我的罪哇！那年如果不让你父母回丽江……

1988年9月，已升任云南楚雄州人大常委兼科教文卫委主任的二表哥，收到一份寄自北京的中国民政部颁发的《革命烈士证明书》。在多年的等待后，人民政府正式追认姑丈和中立为革命烈士。

后来，表哥在一份解密的党内材料中获知：当年他的父亲从丽江出征抗日，在五十八军新编十一师任中校副官，转战于湘、鄂、赣等战场。1939年在赣北秋季进攻战役中，该师主力奉命进行战略转移，在江西奉新至高安途中遭日军飞机狂轰滥炸，姑丈身受重伤，送野战医院抢救无效，壮烈牺牲。

1988年冬，表哥收到寄自丽江人民政府的母亲王学琼的《因公伤亡证明书》以及补发的120元抚恤金。同年，王学琼被列入社会主义建设牺牲民工县志名录,和中立被列入抗日战争牺牲将士县志名录以及八一南昌起义馆人物馆"八一南昌起义参加者名录"。

祖母往事

记得那年祖母患病在床,我第一次想到生死离别,那时我还年少。而随着祖母年岁愈大,我伤感的念头便愈多起来,每逢这样想,我的心就不住地往下沉。

祖母最终活到快 96 岁,而逝去距今也有 30 余年,蹚过整整一代人的时间之河,但她仿佛还活着,在我的梦中,从未离去。我发现,除了刻骨的亲情之外,冥冥中似乎还有一种什么。

祖母是山东聊城东昌府人,家里是当地有名的养马大户。大户陋俗旧礼多,女子不予读书识字还要扎脚。祖母刚上 5 岁,小脚丫就被布条严实裹扎起来。5 岁的娃如何受得这苦?她拼死不从,终日哭闹,母亲心软,便半由了她,扎了放,放了扎,如此两年,父亲就不依了,眼一瞪,说:"再闹,拿个马掌给你钉上!"就真的去马房拿个马掌"咣"地放在她面前。聊城发大水,扎脚跑不动,父亲就叫人用箩筐担她上山躲避。那年义和团起事,她哥在鲁西揭竿，奋起反抗洋人欺压。为避祸乱，父亲把她送去北平姑姑家寄养。可万没想到，这一去，祖母从此就和家乡断了缘。

祖母在京城足足生活了20年。她12岁才放脚，她是怎么在皇城根的老街胡同里玩耍，怎样用她那"三寸金莲"蹒跚地从童年走到了成年，我没有听她多说。我却记得她常提的两件事：

第一件是她曾不止一次亲眼看见光绪和慈禧。皇帝出巡，路人都得伏跪回避，但俏皮的祖母觉得好玩，一众兵丁高举"肃静""回避"牌子鸣锣喝道，人们全都"嚯"地跪下，不敢抬头，她却蹦起来跑入路边屋内，用手指戳开窗纸偷看，把那皇帝看得真切。

第二件于祖母是件大事。祖母是18岁那年在京城结的婚，毕业于广州同文馆的我的祖父是一家洋行的英文翻译。婚礼是讲究的，鞭炮声一路伴随大红花轿热热闹闹把祖母送到祖父家。待帘子一掀，有人不由分说就把个婴儿往她怀里一塞，祖母登时就吓呆了。后来才知道，这是丈夫与原配的孩子，那女人不在了，自己竟成了填房！为此，她恨透了父亲，发誓再也不回山东。我懂事后才明白，为什么祖母总说自己是北京人，很少提及老家。

祖父是个温文的读书人，虽然婚后不久原配之子病故，但他始终深深觉得有负于妻子。他喜欢这个比他小14岁的女子那种倔强好学的个性。祖母曾对我说，祖父在外忙完一天公事后，夜里就挑灯教她认字读书，她识的字，都是那时候丈夫教的。婚后9年，祖父在粤东甲子海关谋到一份差事，一家就迁回了广州。其时已经有了我的姑姑、父亲和叔叔。那一年，祖母27岁。

在广州，祖母和妯母们同住城西一所还显气派的八旗老宅，那是丈夫先辈前朝为官留下的祖业。相夫教子，举案齐眉，祖母一家在此过着殷实的日子。然而天有不测，7年后祖父突罹重疾，英年早逝，家道一下就中落了。那时祖母膝下已有子女4人，为了生活，祖母只得帮人做针线活，洗染织绣，那是小时候她在京城亲戚家学的手艺。即将女中毕业的大女儿阿银这时也不得不辍学回家和母亲一道帮补家计。从富足到清贫，祖母用她的坚强意志和柔弱的肩膀扛住了生活的巨大落差和精神的无尽痛楚。

这时候有好心人劝祖母为子女向前走一步（再嫁），可祖母在一顿撕心裂肺的恸哭后一口回绝了。别人哪里知道，祖母正是为儿女们着想才拒绝走这一步的。而年轻守寡日子一长，自然又招惹长舌妇，说祖母耐不住寂寞偷男人。这次祖母没有流下半滴眼泪，一番愤然驳斥后竟一仰脸吞下半瓶安眠水，以死捍卫清白，好在及时被发现才避免悲剧。

……

1986年一个阴沉的冬日，走过将近96年岁月的祖母，在家中她的房间里溘然长逝，膝下儿孙成群的她，脸上很安详……

"土郎中"叔叔

叔叔是个老军工，与枪炮军械打了几十年交道。虽然被徒弟们师傅前、师傅后地围着转了大半辈子，可他认为自己最拿得出手的，是医术。

是的，叔叔治跌打骨伤了得，对妇儿内科杂症在行，这是街知巷闻的。在那缺医少药的年代，厂区周围满山的野生草木经他那么一搓捻、一揉合，就成了灵丹妙药。就凭那些毫不起眼的茎叶根花和一套正骨手法，便可妙手回春。20世纪70年代后有二三十年，广州沙河地面就没有谁不知道有个医术顶呱呱的王师傅。在这一带，只要想找他，便会有人给你指路。谁有伤筋折骨之类的疾患，街坊会说："找王师傅去吧！"附近有人裹着绷带上的士，司机便问，去王师傅家吗？

叔叔学医始于习武。抗战时工厂从广州迁往川南的大山里，厂里有个师傅曾是医馆亦医亦武的洪拳武师，工余常在林中一块空地上练武。叔叔向他拜师学拳，师傅说："练拳无桩步，房屋无立柱，先学扎马！"这马步一扎，便以武开蒙，以医立了命。

那时叔叔还不知道少林伤科医术是"少林七十二艺"之一，不知道三国时神医华佗创下"五禽戏"之说，更不知道"拳起于易，理成于医"，他只是在川南深山那片星空下将洪熙官、方世玉等少林英雄当星辰一般景仰，想把师傅的十八般武艺学到手。闻鸡扎马，月下练功，桩步在岁月轮转中开开合合，不觉已坚如磐石，元气大壮。师傅见他有悟性，便教他龙、蛇、虎、豹、鹤五形拳法，授以虎形练骨、豹形练力、蛇形练气、鹤形练精、龙形练神与阴阳五行、"五运六气"及拿脉解骨伤科医理。夜色下，翻腾、跳跃、屈伸、回环、跌扑，噼啪之声响彻山林。那几套二龙争珠、夜虎出林、虎鹤双形打得山呼海啸，如闪电疾风。在川南深山老林那些暗夜里，叔叔和他的同伴们如同一群林中猛虎，用彪悍的兽形拳术去抵御来自机床和兵器无形的冷漠，夺回一方属于自己的心灵领地。

突然有一天，厂里发生了一件大事，一门加农炮试炮时药塞发生爆炸，师傅不幸被炸中要害。弥留之际，师傅交给叔叔两本线装书，指着窗外的山野，一字一顿地叮嘱道：医武同根，这漫山草药，便是道中宝，医道应是你的立身之本啊……

这两本书，一本是《医宗金鉴·正骨心法要旨》，一本是《神农本草经》。

30多年后，在叔叔的药园，我常见他在灯下专注地看这两本书。书页早被岁月熏黄，书线也已一再重穿，数十年来，这两本书和《伤科补要》《伤寒论》《素问》等中医经典不知被他反复读过多少遍。当年师傅的嘱咐俨然一盏心灯，苦读，行道，在深奥的文字里彻悟，在无形的师承中自通。

那时叔叔住在白云山麓，山岗上一排排部队式平房，黄墙红瓦。叔叔给人看病纯属义务，却收获满屋金字锦旗。锦旗把四壁染得金红，与屋外药园的青绿相映成趣。当窗户透入阳光和风，屋里便弥漫开缕缕草药特有的芳香，那耀眼的金红也变得奇幻起来。

屋后便是药园，地上爬满青青的翠云草和怕羞草，头顶棚架上的鸡血藤、过江龙和金银花藤蔓交错，绿叶欣欣，四周的驳骨丹、毛老虎、透骨逍、大罗伞、小罗伞、大还魂、小还魂、千里光、白背叶、凤仙花蓬蓬勃勃。每天，叔叔都会在这里闻着生鲜的草药味度过一段美好的读书时光。

上山采药是必修的课。阳光明媚的早晨，叔叔和他的徒弟们向帽峰山出发了。一班徒弟都是患者的亲属，十六七岁，叔叔授徒当然也是义务。平时严肃的他，一上山就眉开眼笑了，山上的每一棵草，在他眼里都是宝！一路上，他教导徒弟把榕叶、森叶、柚叶、黄皮叶、龙眼叶五种树叶一起捣烂外敷，以消肿、散瘀、止痛，戏称这叫"五虎将"；又笑说山沟里的金边螃蟹、蜞蟥（雌水蛭）、土鳖和水蜘蛛等十种小动物合起来叫"十夫人"，用生石灰腌之外敷，可续筋活血。徒弟们来了劲头，到处找"五虎将"，争先恐后到水沟里摸蟹捉鳖。叔叔却又警告，"夫人"并不纯良，此乃虎狼之药，不可乱用！徒弟们把采来的草药分别装在几个大袋里，边走边又唱起师傅教的《十八罗汉药性歌》（十八味草药），歌曰："刀伤血流流，不离血见愁。两手拳不开，不离走马胎。两脚不能行，要用宽根藤。大罗伞小罗伞，不怕刀枪铁棍棒。好威的灵仙，医骨肿如脸。头痛兼风肿，防风过江龙。拳打前后心，最好铁包金……"声音在寂静的山谷回响，惊飞了一树雀鸟。坐下歇息时，叔叔结合讲授过的医书中药理的内容，又开始讲解每种采摘回来的草药的性味、归经和功用。

叔叔治跌打外伤，诊察、手术、落药沉着从容，一气呵成，一如当年他的五形拳一般潇洒，可谓"一旦临证，机触于外，巧生于内，手随心转，法从手出"。临床时，他先用手指来回细细触摸患者伤处，判断伤势，紧接着便是消肿、接骨。接骨，是跌打郎中的关键技术。只见他让徒弟按住患者伤处一端，而他在另一端用阴力牵拉，在患处轻轻捏抟，轻重有度，侧耳细听声音，两手迅速固稳，徐徐抚抟，折骨不偏不倚，吻合复原，他即用绷带绑扎竹片内固。而此时，徒弟已将一只不足斤的生猛公鸡放入石盅，捣至稀烂，叔叔在上剔出粗毛碎骨，连血带肉和在碾碎的草药内，加入白酒、生粉一起煎煮，然后外敷患处，用夹板绷带扎紧外固……待这一切完成后，叔叔便端坐桌前，把脉观象，铺纸握笔，开具内服药方。

传说上古医家著成《黄帝内经·灵枢》，书曰："上以治民，下以治身，使百姓无病……"这便是中华传统的济世医道。

叔叔这个土郎中声名鹊起时，已入花甲之年，属大器晚成，而他一生所追求的医道，这时才仿佛刚刚开始……

羊城话旧

"月光光,照地堂,年卅晚,摘槟榔,槟榔香,切子姜……"记得小时候在幼儿园唱这首粤语童谣时,并不是在清凉的月光下,而是在闷热酷暑中。

那是20世纪60年代初的羊城三伏天,那时城乡物资短缺,家电实属奢侈品,幼儿园里有电却没有电风扇,更甭提空调,为了不让孩子们受热,老师们成天葵扇不离手。到了中午,小小葵扇已无法缓解孩子们午睡的闷热,便土法上马,在大厅天花板上,用竹竿和绳子系上一幅幅大帆布,像戏台的幕布一样,人在下面利用滑轮不停地拉扯绳子,帆布荡秋千似的来回摆动,扇出习习柔风。全园孩子在厅中打地铺。柔风下,孩子们在甜睡,却苦了那不停扯绳扇风的老师,几分钟下来,便汗流浃背。说来也怪,幼儿园用这土法人造风扇度过了一个又一个酷暑,却没有多少孩子身上生痱子。几十年后的今天,荡秋千式的降温法还令我记忆犹新。后来我才知晓,这种人工机械摇扇并非当年幼儿园独创,一些公共场所如电影院、理发店等也普遍使用,尚能驱散热浪。

那时,广州老城的街道两旁,有许多砖木结构的两三层小楼房,楼顶都有广州人俗称的天棚。人们在天棚上用竹子篾条搭个棚架,种一棚水瓜、炮仗花、常春藤或提子之类的爬棚植物。夏日里,青翠葱茏,绿叶如盖,既可观赏,也可遮挡艳阳,让下层不至过于闷热。早晨或夕阳西下的傍晚,在浓荫下闲坐品茗,却也自在怡然。天棚的一头多会隆起一个背脊——用瓦片、瓦筒盖的一个45度斜角的人字形瓦背,让下层楼底增高,这样的房子和其他房子一道,沿马路两旁一路蜿蜒而立,组成富有岭南特色的骑楼街。在顶层加建瓦背是岭南民居的建筑特色,房子能通风透气,瓦背是立下大功劳的。我常想,应该给瓦背的发明者颁个鲁班建筑奖,尽管它也有缺点,但其成本低而又可自然快速通风散热的优点,在今天看来仍具低碳意味。小时候,我就住在这样的房子里。

那时候,家电是稀罕之物,很多家庭没有风扇。记得当母亲千方百计托人从上海买回一台"华生牌"18寸座扇时,街坊们纷纷投来艳羡的目光,都前来试爽,那风扇自然也成了家里的"珍稀之物"。入夏,祖母身上的阴丹士林布便会换成深啡色的竹纱布衣。这是广州人夏天最爱穿的衣服,穿上它,身上即便有汗也不会觉得黏,逛街市觉精神爽利。那时的女子穿得密实,不像今天那样穿吊带着短裙,但竹纱衣裤穿在身上抵挡炎热,可媲美今天的时尚露背装。竹、藤器一类家具是许多家庭的首选,因为即便到了冬天,广州也不冷，而大热天时往竹凳藤椅上一坐，那种感觉是惬意的，所以广州那时多处有专卖竹、藤、木家具的一条街，生意远比卖皮革家具兴旺。

夏日里，当火红的晚霞将要褪尽，晚饭后的街坊们，身穿竹纱衣裤，手里悠然摇一把葵扇，在天棚的花架下，在沿街的骑楼底，闲坐在藤椅竹凳上，呷一口微温的茶，唠家长里短，讲一天里的见闻，这样的情景，时常在我记忆中浮现。

小时候，年复一年的夏日黄昏中，当太阳从高高低低的瓦背上慢慢西沉时，我做的第一件事，便是帮大人们提水上天棚。不只是浇花，而是尽情地将水洒到天棚的阶砖上，泼在瓦背上，让一天的暑气随夕阳落下，换来一个凉爽的夜晚。水一泼到瓦片阶砖上，立刻就听到轻轻的"吱吱"声，如在滚烫的锅上洒了水，一股股蒸汽随即往上蹿，水立时没了影。再泼时，用手沾沾那上面的水，竟是热的。这时晚风吹来，阶砖上、瓦背上的热气便慢慢散去。

晚上，祖母有时会带我们兄弟几人到附近的"的彩""广寒宫"冰室去，饮冰水吃雪糕，用厚纸或干净的手帕裹几支雪条（冰棍）带回家。有时，父亲从水缸中捧出已浸泡多时的西瓜，我们就坐在天棚花架下已凉透了的阶砖地上，大快朵颐，乐也融融，享受一天里难得的清凉……

老城记

不知是不是年长了的缘故，孩提时代的生活图景在脑海里逐渐多起来，那些细碎的童年趣事时常在记忆的河流里浮现，一点没有因时光的冲刷而褪色……

小时候，我住在广州老城区一间三层砖木结构的楼房里，楼下便是马路，骑楼两旁的铺子一间接一间，什么布铺、屐铺、雪铺、煤铺、杂货铺、百货铺、生草药铺、估衣店、泡水馆，林林总总。我常趿一双木屐，跟随祖母去逛街，上下楼梯时木屐总把楼梯踏得噔噔响。那年代，广州人都爱穿木屐，马路上没多少汽车，也就没多少噪声，晚上更难得有车经过，满耳是骑楼下踢踢踏踏的木屐声，响亮清脆。木屐有大有小，有高有扁，又有不同款式、花色、木质，穿在不同的人脚上，自然又各有风采韵味，而齐齐敲打在不同质地的地面上，夜晚广州的街头就如奏响一曲曲热闹的打击乐。北方人看了，觉蔚为奇观。

我家楼下不远有一家"雪铺",我们一群孩子夏日里总喜欢在那门前流连,不仅贪凉快,还贪好玩。雪铺其实只卖冰,街市没有制冷设备,食品全靠冰保鲜,冰块简直成了盛夏羊城街市的宠儿。每当货车运来冰砖,雪铺便热闹起来,客人光顾不绝,店员用铁凿将坚硬的冰砖凿开,咣咣的响声在马路两旁的骑楼回荡,招徕买家。细碎的冰块溅落一地,一边早等急了的我们便雀跃起来,嘻嘻哈哈争先上前拾取,店老板也任由孩子们玩闹,任由孩子们兴高采烈地将战利品装满小口盅拿回家。冰块,竟也几乎成了那个年代的奢侈品。

　　真要感谢骑楼。那时,上小学的我和许多孩子一样,通过沿街骑楼可一路回校,既避骄阳酷晒,又免风雨之虞。长大后,我们才又懂得,有老街老道上的骑楼,有骑楼那沉甸甸的历史,街道仿佛就有气场,城市元气就在,居住其间就有依托和生机,人的归属感便油然而生。

　　放纸鸢是盛夏里的一大乐事。那时候,放纸鸢不像如今在公园广场上放,而都在自家天台放。晴朗的假日早晨或铺满晚霞的黄昏,是我们的欢乐时光。孩子们一个个手握线轱辘,紧张而机灵地展开一场场长空争夺战,各种颜色和形状的纸鸢在蓝天白云间飞舞翻腾,纵横天宇。谁的纸鸢在空中翻飞得最远最久,谁就是"纸鸢王",为了争得江湖头衔,同伴们的手和脸都被烈阳烤成了古铜色。真是"英雄莫问出处",这个时候往往是平时斯文淡定的孩子拔得头筹。但英雄也会有悔恨的时候,同伴中不乏因放纸鸢中暑发烧的,我也曾有过因空中持久战最终获胜而不幸中招的体验。记得那次我中暑后，懂中医的叔父从市郊沙河住地急急前来，手上拿着几节自种的茅竹，又到我家楼下一间叫"瑞草堂"的生草药铺抓了几味草药，与茅竹筒一起熬水，几剂药下来，暑热竟神奇退去。

我家对面有条小巷，巷内有一眼深井，井水清澈。尽管那时城里人已用上自来水，但巷里有些人家食用还是靠井水。冬暖夏凉的井水受人青睐。一个夏日，我和同伴去井边玩，我打了一小桶井水，双手举起便兜头淋下，一股凉意即刻沁人心脾，顿然爽快无比。正要继续时，旁人一顿指责，原来入夏后，巷内居民都舍不得如此豪用井水，视我此举为大挥霍——大热天时，那冰凉透心的井水就像玉液琼浆一般金贵。家里买来了西瓜，大人们叫我打来井水，把西瓜浸入水中，几个小时后，瓜肉格外清甜，散发出凉气。我们一边狼吞虎咽，一边赞不绝口。

每逢台风来临，全家人便总动员，用绳子将家中朝马路的一排窗户加固系紧——不是窗户破败，而是窗子实在太漂亮了，要重点保护。这是一排十二扇连在一起的哥特式彩绘木框玻璃窗，高大的窗户上镶满各种形状和凹凸花纹的玻璃，色彩斑斓。每次我和哥哥都争先爬上木梯，用力用麻绳把窗户铁钩绑紧。我有次因用力过猛，脚一滑，几乎从木梯上掉下来，好在哥哥从旁一手抓住我。那时，既盼望暴风雨驱除闷热，又为那漂亮弱小的窗户担惊受怕而诅咒风暴，我小时候对于台风的复杂情绪便是由窗户而来。

夏日的夜幕降临，我们围坐在天台花架下，一边吃绿豆臭草糖水，一边听祖母讲那过去的故事。清澈夜空里银河浮现，繁星闪烁，我们坐在母亲铺好的床板上玩"包剪揼"，或者索性躺下，望深邃的夜空，听"古仔"，数星星，唱儿歌，在夏日的柔风中进入梦乡……

执着钩沉驻粤旗史的独行侠

——为《旗下街》一书作序

作者朱广通过对前清驻粤汉八旗人事物景的描述,引读者重返广州老城的历史现场,深入粤地旗营溯源探秘,进府第检阅名门文武群英,走市井探寻商、医、艺人,抵沙场领略兵家凛然浩气,于史志之外,以平民视觉,通俗记述清中叶后逐渐融入广府大家庭中的八旗历史文化,旨将已被淡忘于世的八旗优秀文化传统流播后人。

三十余年前一个萧瑟的秋日,我踽踽独行于沈阳故宫,在前清先皇"龙兴重地"的圣迹遗物间踌躇,第一回近距离目睹黄、白、蓝、红和镶黄、镶白、镶蓝、镶红八旗真迹。我伫立凝思,狼虎之师金戈铁马叱咤沙场浩浩长卷恍现眼前,顿生敬畏。我欲在重重迷雾中追索八旗汉军入粤缘由,在几番世变的历史尘埃中叩问先祖的源流故里,试图从深宫大殿的悠悠古风遗韵中探听列祖的足音。那一刻，大内宫阙回应我的只是一片肃穆寂然……

因家谱的缺失而对宗亲代际以及先祖遗事知之不多，不能不说是我辈一个长久难解的心结。

十五年前某日，家兄同窗好友朱广从广州满族历史文化研究会偶得一新版《驻粤八旗志》，如获至宝，即复印其中数十页郑重交与家兄启基。页内职官一表详尽列有历朝驻粤八旗中、高级将领名姓及官职，附有人物小传及翔实战绩情节，我祖先数人均列其中。朱广为我族先人考证，用红笔在上逐一点注剔出。他为旗裔溯源追远之心思及奉先思孝之情怀令我等感动有加。

自此，朱广与我便有了交往，并渐成为我的良师益友。这一年，也正是他教坛告退，全身心投入发掘驻粤汉八旗文化之年。

其实，此前朱广便常有八旗史话撰于报端。从第一篇讲述旗人与粤人恩怨的《胜瓜与看姑娘的传说》开始，朱广就以一种执着的族史钩沉者姿态和对故土灼热的情怀奠定自己探索与书写的方向。正如他素喜丹青好画牡丹一样，他为展现一幅前清粤地汉八旗长卷于今人面前不遗余力。为此，他终日奔波史志馆，埋头故纸堆，踏遍昔日的旗境里巷，废寝忘食，笔耕不辍，以笔名"老广"在《广州满族》《羊城晚报》《广州日报》《文史纵横》《广府人》《羊城职工》等上大书旗人遗事佚闻。被聘为广州满族历史文化研究会研究员后，他更以发掘汉旗史迹为己任，将其写作成果五十余篇十数万言结集，冠名"铁岭集"出版，并进而涉足驻粤八旗史料研究和汇编。

铁岭乃宗亲根系之原乡，广州乃血脉绵延之故土，旗下街乃养育生息之所在。在这块祖祖辈辈曾经写下荣耀、追逐梦想的土地上，身为清康熙年间随八旗入粤的汉军后裔，朱广显然意识到肩上沉甸甸的责任分量。他每每思考，该如何呈现和传承八旗的优良文化与传统，如何更好地以口述历史的形式，将这部分已逐渐被人淡忘的文化遗产流播后人，使之不被历史所尘封和湮没。这种使命与担当，与他那份对粤地旗境的眷恋和对三百余年先祖遗泽的感恩情怀，共同成为年逾古稀的他的一种强大写作原动力。

　　由是，我们又欣喜地看到了《铁岭集》的姐妹篇《旗下街》问世。

　　较之《铁岭集》，《旗下街》虽一如既往以旗境旗人之掌故遗事贯串全书，但在角度、层面、范围上较前均有明显差异，让人视野豁然开朗。其文蔚然可观，俨然引读者深入粤地旗营索源探秘，进府第检阅名门文武群英，走市井探访商、医、艺人，抵疆场领略兵家凛然浩气……

　　《旗下街》收文章近五十篇，内容大致可分为源流寻根、为旗人正名、人物传奇、生活习俗、奇闻趣事、史迹遗存等。如《驻粤汉军八旗家谱研究》及附录，以考察性的文字，对二十余部旗人珍贵的家谱着重在时间、宗旨、姓氏、人员、来粤缘由、体例及意义上进行剖析梳理，归纳考证，既为史家提供史志之外的研究途径，又彰显慎终追远之美德。又如在《太史第春秋》《门从积德大，官自读书高》《南征北战的"尚藩旧部"》《来自福建的"旗下"家族》等篇中，作者高擎历史的火把，带领读者深入深宫名门，在旗人家族绵长的血脉隧道里探索前行,且行且发现,且看且释疑,从历史图籍中观照体味其中饱含的中华民族优秀的文化底蕴,弘扬其家风家养以至精神深处的积极因子;《八旗抗英浩气存》描述第一次鸦片战争期间驻粤八旗官兵不畏强敌,倚"金锁铜关"天险和广州城堞之利殊死勇战英军,将士以身殉国壮烈成仁,揭示清军保卫广州虽败犹荣的感人一幕;而《八旗平台演义》则是作者根据清军平台史迹,以章回结构,通过生动的人物、故事重现八旗官兵为国家统一大业奋勇收复台湾的纪实力作,与《广州旗人与海关邮政》等篇一道,再次为给广州旗人正名而呐喊呼号。

而当作者从历史风雨中回眸寻常巷陌时,于人情世故生活况味处也显精到妙趣,如《王老太太二三事》《八旗嫁娶之礼》《好色的土地公公》等,铺陈在读者面前的是一幅令人开怀、充满广味的旗人烟火世俗图;在《穿越时空,老广带你逛逛广州将军府》中,作者带领读者穿梭时空,窥探一百六十年前广州将军府的前世今生,以幽默又不失力度的笔触在历史的回声中让人铭记那段国弱遭人欺的屈辱黯淡时光……人物传奇在本书中颇显分量,囊括文、武、商、医、艺等,所记之人不乏文、武超群者,医、商、艺卓著者。文篇如《八旗绍世泽羊石振家声》《北大校长——广州旗人李家驹》;武篇如《名著〈驻粤八旗志〉的王氏群雄》《广州雕塑公园的元老》;而商、医、艺当数《于士松与森森斋》《旗医列传——悬壶济世的旗下名医》《棋坛天王——旗下七黄松轩》等最为出彩。广州旗人人才辈出,如此星光熠熠,令人惊叹。

三百余年前，作为中华民族文化重要的一脉，入粤汉旗人把北方的传统文化带入粤地，在与广州人同城生活的过程中，与广府文化碰撞磨合，历经岁月熏陶濡染，最终将自身的文化融于源远流长的岭南文化海洋中……

在我看来，《旗下街》所书虽非驻粤汉八旗文脉全貌，然集腋成裘，引人重返历史现场，于史志之外，以平民视觉，真实并通俗记述了清中叶后逐步融入广府人大家庭中的八旗历史文化，并时有发现。此系本书意义价值所在。而作者倾其力，一以贯之，磨砺成文，其为文之初心，令人敬佩。

语谓：文字，天地之心也，当潜神苦志，静以求之，每下笔时，辄思天人用心之处。实乃朱广追求之志矣。

谨录此，愿与同仁共勉，并为序。

后　记

　　合上编辑中的《老城杂记》书稿,已是凌晨一点,窗外江水悠悠,对岸大楼的灯光渐次熄灭,城市已进入梦乡。蓦地,想起三十七年前,就是在脚下这个老城边上的小岛,我结识并记录下一群在垃圾填埋场上追梦的异乡人。如今,小岛已成城中旺地,一派鸟语花香,而当年他们在熏天臭气中劳作的情景,依然历历如昨……

　　这本《老城杂记》收录的文章,是我从1988年至2023年间的作品中筛选出来的,绝大多数在纸媒上登载过,有的还不止一次被选入各种书刊和获得奖项。我把这些或长或短的篇章编成五辑:"老城忆旧""老城寻梦""老城之春""老城外话""老城人事"。一是从题材和发表时间划分,二是力求从一个侧面自远而近地勾勒我们这座城市的时代变迁,三是以此展露一个写作者的心路历程。

　　需要特别提到的是,第二辑"老城寻梦"的篇章均发表于20世纪80年代中后期,这似乎有点久远了,但时间在岁月的年轮里给我刻下了深深的印痕,我之所以把它们从像宝贝一样收藏的旧报刊中挑选出来,最初是出于一种怀恋,怀恋当年给予辛勤耕耘的写作者以用武之地的文学报刊,同时怀恋自己——一个当年自觉深入社会各角落猎取素材的书写者,以及那个至今仍然令人激动无比的文学的黄金时代。

然而,我曾不止一次地怀疑这种种的怀恋意义安在。

但当我重新在早已发黄的报刊纸页中整理这些三十多年前的文字,思绪又回到那个波澜壮阔的年代,忆起农民洗脚上田大举入城的情景时,我的信心遽然而至,我们的城市就是这样在重压之下呻吟着走过来的,作为时代的见证者,我想让读者重返一座改革开放之初老城的历史现场,从来路的坎坷中回望一座城市艰难行进的脚步。我想,这也许是重拾这些文字的价值所在。

集子里的文字,无论是讲述老城史话,直面第一代进城农民工艰涩辛酸的生存状态,抑或书写阔步迈向国际化大都市隆隆足音中所折射出的人的精神蜕变,还是新广州及其周边城镇新气象、新风貌的描绘,以及缅怀亲人和遥远的童年城市记忆,字里行间始终缠绕着我的那一抹老城情愫,挥之不去,深入魂髓,这是一方水土滋养出的写作者的心灵依托,一种生命与故土的精神归依。

如果把文学作品区分成虚构与非虚构,集子里大多数的纪实性文字,显然应归入非虚构之列。在编选稿件时,我着眼于作品的题材、范围以至形式和技巧,力求摆脱某种套路,使之不落入一种模式,尽量令篇与篇、辑与辑之间能体现一种内在的逻辑和关系,使读者在感受广州城市鲜活脉动的同时，领悟写作者自始至终真诚的写作姿态。

感谢广东文艺终身成就奖及广州突出贡献文艺家称号获得者章以武老师，当知道我正编辑书稿时，他主动提出为拙作写序。他的序言又把我带回那个流金岁月，当年他和前辈作家们谆谆教诲的情景，犹在眼前，扣动我的心弦。如今 88 岁高龄的他仍才思敏捷，笔耕不辍，令人钦佩。感谢著名学者、作家陆键东先生在百忙中拨冗为我作序，他观察入微，文风稳健，知人论事，透彻玲珑，兄弟般的情谊让我感动有加，给予我莫大的鼓励。

感谢远在狮城的新视资深电视剧编审、长兄王启基为书名题字及设计封面，感谢广州市工艺美术研究所著名工笔花鸟画家周天民先生为扉页题字，使《老城杂记》增色。

感谢为此书出版奔波劳心的广东散文诗学会陈惠琼会长，以及所有曾给我扶助的师友们。尤其感谢我的太太和家人们一贯以来对我的鼎力支持。

正如陆键东先生在序言中所说："《老城杂记》足以显示它将个人命运、个人情感，与时代及生命故土，用文字铸为一体。"在这片养育了我大半辈子的眠食地，我将继续献上我生命的心香。

我期待着自己。

王厚基

2024 年 6 月